書下ろし

血煙東海道

はみだし御庭番無頼旅

鳥羽 亮

祥伝社文庫

目次

第一章　仇討《あだう》ち

1

柳の枝葉が、サワサワと風に揺れていた。

そこは柳原《やなぎわら》通り。神田川《かんだがわ》の土手沿いに植えられた柳が、夕闇のなかで黒い蓬髪《ほうはつ》を振り乱しているかのように見える。

いつもは賑《にぎ》やかな通りも、いまは暮色《ぼしょく》につつまれ、人影はほとんどなかった。ときおり、遅くまで仕事をした出職《でしょく》の職人や酔客《すいきゃく》、茣蓙《ござ》をかかえた夜鷹《よたか》らしい女などが通りかかるだけである。

その柳原通りを、ふたりの武士が足早に歩いていた。ふたりとも羽織袴《はおりはかま》姿で二刀を帯びていた。御家人か江戸勤番の藩士といった感じである。

そのふたりの武士に、別のふたりの武士が背後から駆け寄り、

「待て、篠塚平兵衛《しのづかへいべえ》！」

と、声をかけた。

まだ、十五、六と思われる若侍である。いっしょにいる男はさらに若く、十二、三歳に見えた。

前を行くふたりの武士が、足をとめて振り返った。

「何者だ！」

大柄な武士が誰何《すいか》した。三十がらみであろうか。眉《まゆ》の濃い、眼光の鋭《するど》い剽悍《ひょうかん》そうな面構《つらがま》えである。

もうひとりの武士は、二十代半《なか》ばに見えた。瘦身《そうしん》で面長《おもなが》。顎《あご》がとがり、細い目をしていた。

「西崎《にしざき》兄弟か」

大柄な武士が、驚いたような顔をして言った。

ふたりの若侍は、大柄な武士の前に足をとめると、

「父の敵《かたき》！　篠塚平兵衛、尋常《じんじょう》に勝負しろ」

兄と思われる若侍が叫びざま、刀を抜いた。大柄な武士の名は、篠塚平兵衛というらしい。

すると、脇にいた弟らしい若侍も抜刀し、切っ先を篠塚にむけた。

「ちょうどいい。返り討ちにしてくれよう」

篠塚も刀を抜いた。口許《くちもと》に薄笑いが浮いている。ただ、若い兄弟を見据《みす》えた双《そう》眸《ぼう》には、鋭いひかりが宿っていた。

　すると、篠塚の脇にいた痩身の武士が、

「篠塚どのに助太刀《すけだち》いたす！」

　そう言って、刀を抜いた。

「永次郎《えいじろう》、佐々野《ささの》の相手をしろ。おれが、篠塚を斬る！」

　兄が、叫んだ。弟の名は、西崎永次郎らしい。兄の名は西崎紀之助《のりのすけ》だった。痩身の武士は、佐々野裕介《ゆうすけ》である。

「はい！」

　永次郎が、切っ先を痩身の武士にむけた。真剣勝負の極度の緊張と恐怖であろう。剣の心得はあるようだが、青眼《せいがん》に構えた刀の切っ先がワナワナと震《ふる》えていた。腰が浮き、隙《すき》だらけである。

　佐々野は、八相《はっそう》に構えた。刀の柄を握《にぎ》った両拳《りょうこぶし》を高くとり、刀身をほぼ垂直に立てていた。八相は木の構えともいわれる。まさに、大樹を思わせるような大きな構えだった。一方、紀之助と篠塚は、相青眼に構えていた。

　篠塚は遣《つか》い手らしい。どっしりと腰が据わり、構えに隙がなかった。青眼に構えた剣尖《けんせん》が、ピタリと紀之助の目線につけられている。

　紀之助の剣尖も篠塚の目線につけられていたが、切っ先が震えていた。やはり、真剣勝負の気の昂《たかぶ》りのせいらしい。

篠塚と紀之助の間合は、およそ三間半――。まだ、一足一刀の斬撃の間境《まざかい》の外である。ふたりは切っ先をむけ合ったまま対峙《たいじ》していた。

「さァ、こい！」

篠塚が声をかけた。

すると、紀之助が動いた。足裏を摺《す》るようにして、ジリジリと間合をつめていく。篠塚は動かなかった。青眼に構えたまま、紀之助との間合を読んでいる。

紀之助が、斬撃の間境まで半間ほどに迫ったときだった。

ワアッ！　という永次郎の叫び声がひびいた。永次郎が後ろによろめいている。肩から胸にかけて小袖《こそで》が裂《さ》け、あらわになった肌が血に染まっていた。佐々野の斬撃を浴びたらしい。

これを見た紀之助は慌《あわ》てて身を引き、篠塚との間合をとると、

「永次郎、どけ！」

と叫び、永次郎の脇に立って切っ先を痩身の武士にむけた。紀之助は、永次郎を助けようとしたのだ。

佐々野は、西崎兄弟との間合をひろくとったまま八相に構えた。そこへ、篠塚

が駆け寄り、兄弟の背後にまわった。

兄の紀之助は慌てて反転し、切っ先を篠塚にむけた。

兄弟は背中合わせになり、前後から迫ってくる佐々野と篠塚に切っ先をむけたが、ふたりの切っ先は震えていた。顔は恐怖にゆがんでいる。敵を討つどころか、篠塚たちに討たれそうである。

「いくぞ！」

篠塚が青眼に構えたまま間合をつめ始めた。

そのときだった。通りの先で、走り寄る足音が聞こえた。数人いるようだ。

「紀之助どの！」「ふたりが、あやういぞ！」「急げ！」などという男たちの声が聞こえ、足音が迫ってきた。

篠塚が後じさり、紀之助との間合をとってから通りの先に目をやった。

五人の武士が駆け寄ってくる。なかにはすでに抜刀している者もいて、夕闇のなかで刀身が銀色《しろがねいろ》にひかっていた。

「多勢だ！」

篠塚が叫んだ。

「奥江藩《おくえはん》の者か」

佐々野が戸惑《とまど》うような顔をした。

「この場は引くぞ！」

篠塚が反転して走りだした。抜き身を引《ひ》っ提《さ》げたままである。

すぐに、佐々野も篠塚の後を追った。夕闇のなかを、ふたりの刀身がにぶい銀色にひかりながら遠ざかっていく。

その場に残った紀之助と永次郎のそばに、五人の武士が走り寄った。いずれも羽織袴姿で、二刀を帯びている。

「永次郎どの、斬られたのか」

壮年の武士が、心配そうな顔で訊《き》いた。

「し、重森《しげもり》さま、大事ございません」

永次郎が声を震わせて言った。傷の痛みにくわえ、真剣勝負の興奮がまだ残っているようだ。この武士の名は、重森弥之助《やのすけ》である。

「歩けるか」

重森が訊いた。

「は、はい」

「ともかく、藩邸にもどろう」

重森が、その場に集まった男たちに目をやって言った。どうやら、重森が集った武士たちの頭格《かしら》のようだ。

2

向井泉十郎《むかいせんじゆうろう》は小袖の裾《すそ》を尻《しり》っ端《ぱし》折《よ》りし、真剣を振っていた。そこは、神田小《かんだこ》柳町《やなぎちよう》にある古着屋、鶴沢屋《つるさわや》の裏手だった。狭《せま》い庭があり、そこで泉十郎は真剣を遣って素振りをしていたのだ。

泉十郎は五十がらみ、初老という年頃である。ただ、老いは感じさせなかった。胸が厚く、どっしりと腰が据わっていた。少年のころから剣の修行で鍛《きた》えた体である。

そうした体付きに反して、泉十郎は剣客らしい厳《いか》つい風貌《ふうぼう》ではなく、丸顔で目が細く温厚そうな顔をしていた。

泉十郎は鶴沢屋のあるじだった。古着屋のあるじが、真剣を振って素振りをしているのには理由がある。

泉十郎は、幕府の御庭番だった。しかも、御庭番のなかでも表に出られない特殊な任務にあたっていた。それで、ふだんは古着屋のおやじとして、ひそかに市《し》井《せい》で暮らしていたのである。

　御庭番は、八代将軍吉宗《よしむね》が徳川家を相続するにあたって、紀州《きしゅう》から連れてきた薬込役《やくごめやく》十七家の者たちが就《つ》いた役柄だった。薬込役は、君主の御手銃《おてづつ》に玉薬《たまぐすり》を装塡《そうてん》する者たちである。ただ、吉宗は己の銃に玉薬を装塡させるために、十七家の者たちを江戸に連れてきたのではない。将軍の隠密《おんみつ》として、特殊な任務にあたらせていたのである。したがって、薬込役の者たちは、甲賀《こうが》の忍びの者が多かった。

　御庭番たちは、表向き将軍や要人の警護、御代参の御供などにあたっていたが、その裏では、隠密として御府内だけでなく、遠国《おんごく》へ密行し、諸大名の動向や領内の騒擾《そうじょう》などをひそかに探っていた。

　ただ、泉十郎はそうした御庭番ともちがっていた。ふだんは、身分を隠して市井で暮らし、遠国への密行を中心に、隠密活動だけに当たっていた。泉十郎が古着屋のあるじとして身を隠していたのもそのためである。

　泉十郎は剣の遣い手で忍びの術も身につけていた。そのため、ふだん古着屋にいるときは暇を持て余し、裏の庭でひそかに真剣を振ったりするのだ。

泉十郎は心形刀流《しんぎょうとうりゅう》の遣い手だった。少年のころから、神田松永町《まつながちょう》にあった伊庭軍兵衛《いばぐんべえ》の道場で修行したのである。

泉十郎が店の裏手の庭で、小半刻《こはんとき》（三十分）ほど素振りしたろうか。顔にうっすら汗が浮いてきたとき、店から庭に出る背戸《せど》があいて、奉公人の平吉《へいきち》が顔を出した。泉十郎は平吉に店番を頼んで、庭に出ていたのである。

平吉は老齢で、還暦《かんれき》を過ぎていた。小柄で腰がすこしまがっている。面長で、目が細かった。狐《きつね》のような顔である。

泉十郎は、平吉に自分は御家人の隠居で、倅《せがれ》が家を継いだため家に居辛《いづら》くなって古着屋を始めたと言ってあった。それで、裏の庭で真剣をひそかに振っていても、平吉は不審をいだかなかったのだ。それでも、ちかごろ平吉は、泉十郎はただの隠居ではない、と内心思っているようだった。

「客か」

泉十郎は刀を下ろして言った。

「旦那、兵助《ひょうすけ》さんが来てやす」

平吉が小声で言った。

兵助は、ときおり客のような顔をして鶴沢屋に姿を見せた。

「店に来ているのか」

「へい」

「行ってみるか」

泉十郎は刀を鞘《さや》に納めて背戸から店に入った。鶴沢屋は小体な店だった。売り物の古着を吊るしてある土間と狭い畳敷きの売り場、その奥に泉十郎がふだん寝起きしている座敷と狭い台所があるだけである。

泉十郎は座敷に刀を置き、顔の汗を手ぬぐいで拭《ぬぐ》いながら店に出た。兵助は客らしい素振《そぶ》りで土間に吊るしてある古着を見ていた。

「いらっしゃい」

泉十郎は兵助に声をかけて近付き、

「何か用か」

と小声で訊いた。

兵助は、泉十郎たち御庭番と幕府の繋《つな》ぎ役だった。疾風《はやて》の兵助と呼ばれ、動きが敏捷《びんしょう》で、駿足《しゅんそく》である。

「土佐守《とさのかみ》さまが、お呼びで」

兵助が古着に目をやりながら小声で言った。

土佐守とは、幕府の御側御用取次《おそばごようとりつぎ》の相馬《そうま》土佐守勝利《かつとし》のことである。御側御用取次は、将軍のそばにいることの多い幕府の重職だった。御側御用取次は、三人いる。相馬はそのひとりである。

御庭番は本来将軍直属の隠密だが、将軍と直接会うことは滅多《めった》になかった。御側御用取次が御庭番を出頭させ、将軍の意を受けて復命させるのである。

泉十郎たちも、他の御庭番と同じように相馬から任務を命じられることが多かった。ただ、泉十郎たちは、遠国への密行や大名家にかかわる御用だけを命じられた。そのため、身装《みなり》を変えて旅に出たり、大名屋敷に忍び込んで探ったりすることが多かった。

泉十郎たちは他の御庭番と一線を画し、接触することはほとんどなかった。それで、泉十郎たちは、他の御庭番たちから「はみだし者」とか「はみだし庭番」などと陰口《かげぐち》をたたかれていたのだ。

そのはみだし庭番は、三人だけだった。泉十郎と植女《うえめ》京之助《きようのすけ》、それに変化《へんげ》のおゆらと呼ばれる女の御庭番である。

兵助は相馬直属の繋ぎ役で、御庭番ではなかった。ただ、状況によっては連絡役として泉十郎たちにくわわることもある。

「相馬さまのお屋敷にうかがえばいいのだな」

泉十郎が訊いた。相馬の屋敷は神田小川町《おがわまち》にあった。

「へい」

「時と場所は」

「明日の四ツ（午後十時）。いつもの場所に」

兵助は古着に目をやったまま言った。

「植女とおゆらは」

泉十郎は、ふたりのことが気になった。

「植女の旦那には、あっしが連絡をとりやした。おゆらさんは、どうなるか分からねえ」

「そうか」

泉十郎は、相馬の屋敷に行ってみれば分かるだろうと思った。

「あっしは、これで」

兵助はそう言い残し、店から出ていった。

3

四ツ前、泉十郎はひとり小川町の一ツ橋《ひとつばし》通りを歩いていた。泉十郎は闇に溶《と》ける茶の筒袖に同色の裁着《たっつけ》袴姿だった。腰に帯びていたのは脇差だけである。

相馬の屋敷は一ツ橋通りにあった。表門は、門番所付の長屋門だった。乳鋲《ちびょう》の付いた堅牢《けんろう》な門扉《もんぴ》はとじられていた。八千石の大身《たいしん》の旗本にふさわしい豪壮な門である。

泉十郎は表門の前を通り過ぎ、屋敷の脇の通りから裏手にむかった。裏門から入るのである。

裏門の脇のくぐりがあいていた。泉十郎たち御庭番のためにあけてあったのである。屋敷内は夜陰につつまれていたが、頭上に十六夜《いざよい》の月が出ていたので、迷うことはなかった。それに、泉十郎は夜目がきいたのである。

屋敷の表には、淡《あわ》い灯《ひ》の色があった。相馬は、表屋敷の中庭に面した座敷にいるはずだった。そこの座敷で、いつも泉十郎たちと会うのである。

泉十郎は家士《かし》の住む長屋の脇を通り、中庭に入った。中庭に面した座敷の障《しょう》子《じ》が明らんでいる。

泉十郎が相馬のいる座敷に歩みかけたとき、背後から近付いてくるかすかな足音を聞いた。

泉十郎は足をとめて振り返った。月光のなかに、総髪を後ろで束《たば》ねた男の姿が浮かびあがっていた。植女である。小袖に袴姿だった。大刀を一本だけ腰に差している。どうやら、植女も相馬に呼ばれているようだ。

「向井どのも、呼ばれたのか」

植女がくぐもった声で訊いた。

植女は二十代半ばだった。白皙《はくせき》で面長だった。細い切れ長の目をしている。その端整な顔立ちに憂《うれ》いの翳《かげ》があった。子供のころに父母を亡くし、叔父《おじ》の家で育てられたせいであろうか。植女の身辺には、悲哀と物憂《ものう》さがただよっていた。

「そうだ」

泉十郎は、灯《とも》の点っている座敷に足をむけた。

植女は無言でついてきた。ふたりは、中庭にまわり、灯の点っている座敷の濡《ぬ》れ縁を前にして片膝《かたひざ》を突き、

「土佐守さま、向井泉十郎にございます」

と声をかけると、

「植女京之助です」

と、植女がつづいて名乗った。

障子の向こうで、「ふたりいっしょか」という声がし、立ち上がる気配がした。すぐに障子があき、相馬が姿をあらわした。相馬は小紋の小袖に角帯《かくおび》というくつろいだ恰好《かっこう》をしていた。

相馬は五十がらみだった。面長で、鼻梁《びりょう》が高かった。眼光が鋭く、能吏《のうり》らしい顔をしている。

「夜分、ご苦労だな。また、その方たちに頼みがある」

相馬が小声で言った。

「何なりと」

泉十郎が応《こた》えた。

植女は黙ったまま相馬に目をむけている。植女は無口だった。泉十郎といっしょのときも、黙っていることが多い。

「柳原通りで、斬り合いがあったらしいが、耳にしておるか」

「噂《うわさ》だけは」

泉十郎は、十日ほど前、平吉から柳原通りで仇討《あだう》ちらしい斬り合いがあったことは聞いていた。

「駿河国《するがのくに》、奥江藩の家臣の仇討ちらしい」

相馬が言った。奥江藩は五万七千石の大名である。

「仇討ちですか」

以前、泉十郎たちが陸奥国《むつのくに》の大名家の騒動にかかわったときも、柳原通りで藩士が斬られたのが発端《ほったん》だった。泉十郎は何か因縁《いんねん》めいたものを感じたが、仇討ちでは陸奥国の騒動とはかかわりないだろう。

「その仇討ちに、公儀として首をつっ込むつもりはないのだが、どうも藩内で揉《も》めているようなのだ。実は、数日前、奥江藩の江戸家老、内藤庄右衛門《ないとうしょうえもん》どのと会ってな、話を聞いたのだ。その際、内藤どのから、市中で藩士同士で斬り合うようなことがあっても、仇討ちなので大目にみてほしいと頼まれたのだ。単なる仇討ちなら、どうということはないのだが……」

相馬はそこで一息ついた。

「……」

泉十郎と植女は無言で相馬の次の言葉を待っている。

「どうも、その仇討ちの背後に、藩内の対立があるらしいのだ。藩内を二分するような御家騒動にでもなれば、幕府としても何等《なんら》かの手を打たねばならなくなる。……ただ、騒動が大きくなってからでは遅い気がするのだ。それに、な、わしの立場もなくなるのだ。前もって、江戸家老から相談を受けながら、なんの手も打たなかったのかと責められよう」

相馬が渋《しぶ》い顔をした。

「われらは、どのように動けばよろしいのでしょうか」

泉十郎が訊いた。

「とりあえず、奥江藩の内情を探り、どのような騒動があるのかつきとめてもらいたい」

「心得ました」

泉十郎が応えると、植女もうなずいた。

「それで、まず、内藤どのと会って話を聞いてみてくれ」

「江戸家老の内藤さまがわれらと会って家中のことを話していただけましょうか」

大名家の江戸家老ともなれば、得体の知れない泉十郎たちと会って話などしないのではないか、と泉十郎は思ったのだ。

「内藤どのには、わしの配下の幕臣ということで、ふたりのことを話してある。藩士に知れぬよう、夜分ひそかにうかがうことがあるかもしれぬとも伝えてあるので、いつでも会ってくれよう」

そう言って、相馬が表情をやわらげた。

「では、内藤どのとお会いし、話をお聞きいたします」

「内藤どのの話によっては、騒動を収めるために駿河まで行くことになるかもしれんぞ。そのときは、兵助に話してくれ」

そう言って、相馬がちいさくうなずいた。兵助を通して、手当てを渡すと伝えたのである。これまでも、相馬は泉十郎たちが遠国へむかうおり、兵助を通して相応の金子《きんす》を渡していたのだ。

「では、これにて」

泉十郎と植女は低頭してから後ずさりし、姿が夜陰に紛《まぎ》れると、反転してその場から離れた。

4

植女は古着屋の店先から入ってくると、

「向井どの、出かけるか」

と、売り場にいた泉十郎に声をかけた。

植女は闇に溶ける柿茶の小袖に裁着袴だった。草鞋履《わらじば》きである。忍び装束《しょうぞく》ではなかったが、屋敷内に侵入するための身支度《みじたく》である。

泉十郎も、小袖に裁着袴に着替えていた。これから、ふたりは愛宕下《あたごした》にある奥江藩の上屋敷に行くつもりだった。江戸家老の内藤庄右衛門と会って、話を聞くためである。泉十郎と植女は、古着屋から通りに出た。すでに、暮れ六ツ（午後六時）近かった。陽は西の家並の向こうに沈みかけていた。泉十郎たちが愛宕下の奥江藩の上屋敷に着くころは、夜陰につつまれているだろう。

「植女、内藤どのは藩邸内のどこにいるか、分かっているか」

歩きながら、泉十郎が訊いた。

「分かっている。一昨日《おととい》、おゆらと会ってな。内藤どのの居所を探ってくれ、と頼んだのだ」

おゆらは、女ながら忍びの達者《たつしゃ》だった。変装や屋敷内の侵入などは、泉十郎や植女より巧《たく》みである。おゆらは、紀州から江戸に出た御庭番の家に生まれ、子供のころから甲賀流の術を教えられたのである。

植女によると、おゆらは、昨夜奥江藩の藩邸に侵入し、内藤の住む小屋をつきとめたという。

小屋は藩邸内にある独立した家のことで、いくつかの座敷や台所などもあり、小体な屋敷と変わりなかった。

「それで、おゆらも此度《こたび》の任にあたるのか」

泉十郎が訊いた。

「あたるらしい。おれたちの後、土佐守さまに呼ばれて命じられたようだ」

植女が、他人事《ひとごと》のように言った。

泉十郎と植女は、中山道《なかせんどう》を日本橋《にほんばし》の方へむかって歩いていた。そのまま、日本橋を渡り、東海道を南にむかえば、愛宕下近くに出られる。

泉十郎と植女が日本橋を渡り、賑《にぎ》やかな日本橋通りを南にむかって歩いていると、

「向井の旦那」

ふたりの背後で、女の声がした。

「おゆらか」

泉十郎が振り返り、驚いたような顔をした。

おゆらは、巡礼の姿をしていた。笈摺《おいずり》を着て、笈を背負っている。菅笠《すげがさ》をかぶり、手甲脚半《てっこうきゃはん》姿で、長旅をつづけている巡礼に見えた。

おゆらは三十代半ばのはずだが、歳ははっきりしない。変装が巧みで、十五、六の若い娘に変装したかと思えば、老婆にも身を変える。子供も亭主もいないようだが、どこでだれと暮らしているか、泉十郎たちにも分からない。

「おゆら、おれたちといっしょに奥江藩を探るよう、土佐守さまから話があったそうだな」

泉十郎が歩きながら言った。

「そうですよ。よろしくね」

おゆらは植女にも目をやり、植女の旦那もよろしく、といって笑みを浮かべたが、

「うむ……」

と、植女は気のない顔で、ちいさくうなずいただけだった。

三人は東海道を南にむかい、汐留川《しおどめがわ》にかかる芝口橋《しばぐちばし》（新橋）を渡った先のたも

とで右手に折れた。そして、汐留川沿いの道をいっとき歩いてから、幸橋《さいわいばし》御門の前を左手にまがって大名小路《だいみようこうじ》に出た。

大名小路はその名のとおり、通り沿いに多くの大名屋敷がつづいていた。奥江藩の上屋敷も大名小路沿いにある。

大名小路は、夜陰につつまれていた。日中は大名の家臣や供をしたがえた乗物《のりもの》などが、頻繁《ひんぱん》に行き交《か》っているのだが、いまは人影もなくひっそりと夜の帳《とばり》につつまれている。

泉十郎たちは、夜陰にとざされた大名小路を南にむかった。しばらく歩くと、月光のなかに、増上寺《ぞうじようじ》の杜《もり》が黒く辺りを圧するように見えた。

おゆらが、大名屋敷の表門の前で足をとめ、

「これが、奥江藩の屋敷だよ」

と言って、指差した。

表門の左右に藩士たちの住む長屋がつづき、門の奥に殿舎の甍《いらか》が夜陰のなかに連なっているのが、ぼんやりと見えた。

「どこから入る」

泉十郎が訊いた。

「裏手からですよ」

そう言って、おゆらは藩士たちの住む長屋の脇を通り、屋敷の裏手につづく道に入った。その道沿いには他の大名家の屋敷もあり、道の両側に築地塀《ついじべい》がつづいていた。

いっとき歩くと、奥江藩の上屋敷の裏手に出た。裏門があった。門の両脇は築地塀になっている。

どうやら、おゆらは前もって上屋敷に忍び込み、屋敷内の様子を探ったらしい。

「あたしがこの塀を越えてなかに入り、門をあけます」

おゆらはそう言い残し、笈を背負ったまま暗がりに消えたが、すぐにもどってきた。おゆらは闇に溶ける柿色の装束を身にまとっていた。笈のなかに隠し持っていたらしい。巡礼の衣装は闇のなかで目立つので、身装《みなり》を変えたようだ。

おゆらは、手にした刀を築地塀にかけると、右足の爪先《つまさき》を鍔《つば》にかけて飛び上がった。次の瞬間、おゆらの身は築地塀の上にあった。おゆらは刀に付いていた紐《ひも》を引き上げて、築地塀の上で手にした。塀を越えるときなどにも使われる鍔の大きな忍刀である。おゆらは刀を腰に帯び、ひらりと夜陰に身をひるがえした。

築地塀の向こうで、おゆらの着地するかすかな音が聞こえたが、すぐに辺りは静寂《せいじやく》につつまれた。

待つまでもなく裏門のところで門の閂《かんぬき》をはずす音がし、門扉がわずかにひらいた。

「ここから、なかへ」

おゆらの声が聞こえた。

すぐに、泉十郎と植女は門扉の間からなかに入った。

そこは屋敷の裏手だった。かすかに灯の色があったが、人声も話し声も聞こえなかった。

「表にまわります」

おゆらは、足音を忍ばせて屋敷の脇の暗がりをたどって表にむかった。おゆらの姿は闇に溶けてまったく見えない。ただ、双眸だけが猫の目のように青白くひかっている。

泉十郎と植女も、足音を忍ばせておゆらにつづいた。ふたりの姿も闇に溶けている。

泉十郎たちは、屋敷の玄関《げんかん》の前をまわって庭へ出た。松、梅、紅葉《もみじ》などの庭木の樹形だけが、夜陰のなかで黒く見えた。

その庭の奥に、重臣たちの住む小屋が何棟か折り重なるようにつづいていた。

泉十郎たちは庭を抜け、小屋に近付いた。

「ここですよ」

おゆらが、手前にある小屋の脇に身を寄せて言った。

他の小屋に比べて大きく、座敷は三、四間はあるらしかった。台所や風呂場もあるようだ。

「どこから入る」

泉十郎が小声で訊いた。

「こっちです」

おゆらが先にたって戸口にむかった。

5

「戸はあきますよ」

おゆらは、小屋の戸口に身を寄せて言った。

「入ろう」

泉十郎は、小屋に入ってから訪《おとな》いの声をかけようと思った。他の藩士たちに知られたくなかったのである。

「あたしは、ここまでにしますから、後で話を聞かせてください」

おゆらはそう言うと、スッと戸口から離れた。いつもそうだった。たとえ味方であっても、御庭番であることを知られたくないのだろう。御庭番の多くが正体が知れるのを避けようとするが、おゆらは女のせいもあって正体が知れることを極度に嫌った。

植女が引き戸をあけた。すぐに、戸はあいた。戸締まりはしていなかったらしい。もっとも、藩邸内の小屋なので戸締まりの必要はないのだろう。

狭い土間の先が座敷になっていた。辺りに人影はないが、座敷の先の障子の向こうにひとのいる気配がした。かすかに衣擦《きぬず》れの音もする。

「内藤さま」

泉十郎が小声で言った。

すると、障子の向こうでひとの立ち上がる気配がして障子があいた。

姿を見せたのは、小袖に袴姿の武士だった。二十四、五と思われる大柄な男で、手に刀を持っていた。

「何者だ」

武士は泉十郎たちを睨《にら》むように見据えて誰何《すいか》した。双眸に警戒の色があった。泉十郎たちの扮装《いでたち》を見て、藩士ではないと分かったらしい。

内藤ではないようだ。おそらく内藤の身辺警護にあたっている藩士であろう。

「われらは、幕府の土佐守さまの仰《おお》せでまいった者にござる。内藤さまにお取り次ぎ願いたい」

泉十郎は、相馬の名も役柄も口にしなかった。相馬のことは、立場の分からない藩士に話すことはできないのだ。

「お待ちくだされ」

武士は、すぐに踵《きびす》を返した。

いっときすると、武士はもどって来て、

「お上がりくだされ。ご家老が、お待ちでござる」

そう言って、泉十郎と植女を座敷に上げた。

武士が泉十郎たちを連れていったのは、小屋の奥の座敷だった。隅《すみ》に燭台《しょくだい》が点っている。正面に床《とこ》の間があり、それを背にして初老の武士が座していた。ひどく痩せていた。肉を抉《えぐ》りとったように頰《ほお》がこけている。頼りなげな体付きだが、泉十郎たちに向けられた双眸は鋭く、凄《すご》みさえ感じさせた。

泉十郎と植女は武士の前に端座すると、

「土佐守さまより仰せつかって、参上いたしました。それがし、幕臣の向井泉十郎にございます」

と名乗り、両手を畳について低頭した。

「それがしは、植女京之助にございます」

つづいて、植女も名乗ってから頭を下げた。

ふたりとも、役柄は口にしなかった。もっとも、内藤は泉十郎たちの身装から御庭番と気付くだろう。

「わしは、江戸家老、内藤庄右衛門だ」

内藤が名乗ると、脇に控えていた大柄な武士が、

「下目付《したためつけ》の佐山敏之助《さやまとしのすけ》にございます」

と名乗って、泉十郎たちに頭を下げた。

「佐山はな、目付筋のひとりでな。此度《こたび》の件にもかかわっているので、ここにいてもらったのだ。……わしの警護もしてくれる」

「われらは、ご家老から事情をお聞きし、貴藩のために尽力《じんりょく》するよう、土佐守

さまに仰せつかってまいりました」

　泉十郎が切り出した。

「そうか。まず、仇討ちのことから話そうかのォ。……二月《ふたつき》ほど前、国許の勘《かん》定奉行《じようぶぎよう》、西崎仙《せん》右衛《え》門《もん》が下城時に、篠塚平兵衛と佐々野裕介に襲われてな、篠塚に斬られたのだ」

　内藤によると、西崎は頭を斬り割られていたという。篠塚は、頭を斬り割る特異な刀法を遣うことから、西崎が篠塚の手にかかったことが知れたそうだ。

　篠塚と佐々野は、国許にいた先手組《さきてぐみ》だという。なお、奥江藩の先手組は攻撃隊だが、ふだんは城門の警備や城内の見回りなどをおこない、国許と江戸との連絡役も担っているそうだ。

「篠塚と佐々野は、なにゆえ西崎どのを襲ったのですか」

　泉十郎が訊いた。勘定奉行と先手組の者に、仕事上のことでかかわりがあったとは思えない。下城時に襲って斬ったとなれば、相応の理由があったはずである。

「それが、分からないのだ。……西崎が勘定奉行として調べていた件とかかわりがあると口にする者もいるが、推測だけで確証はないのだ」

　内藤の顔に、憂慮《ゆうりよ》の翳《かげ》が浮いた。

「西崎どのが調べていたのは、どのようなことでしょうか」

「領内を流れる荒瀬川《あらせがわ》に堤防を築く普請《ふしん》にかかわり、不正があったとのことで、勘定方の者と目付筋の者とで調べていたのだ」

奥江藩は駿河国にあり、領地は海から離れた山間《やまあい》にひろがっているという。その領地に荒瀬川が流れ、大雨のおりに氾濫《はんらん》することが多く、甚大《じんだい》な被害をもたらしてきた。その被害を防ぐために、川沿いに堤防を造る普請が数年の間つづいてきた。その普請を指揮する普請奉行に不正があるとの噂が流れ、勘定奉行と大目付とが中心になって調べていた最中に、勘定方を指揮していた西崎が殺されたという。

「国許の大目付の名は、大友左衛門《おおともさえもん》どのでな。ここにいる佐山は、大友どのの配下だったのだ」

そう言って、内藤が佐山に目をやると、

「大友さまより、西崎さまの嫡男の紀之助どのと次男の永次郎どのが、みごと敵が討てるよう、助太刀を仰せつかって国許よりまいりました」

佐山が顔をひきしめて言った。内藤によると、佐山は一刀流の遣い手だという。

「柳原通りで、仇討ちがあったと耳にしましたが」

泉十郎は、西崎兄弟が父を襲った篠塚と佐々野を目にして、敵を討とうとしたのではないかと思った。

「そうです。われらは、紀之助どのと永次郎どのといっしょに、篠塚と佐々野を捜して両国広小路《りょうごくひろこうじ》を歩いていたのです。そのとき、急に紀之助どのたちの姿が見えなくなって……」

佐山が、そのときの顚末《てんまつ》を話した。

藩邸に住む家臣のなかに、篠塚と佐々野の姿を両国広小路で見かけたという者がいたので、西崎兄弟と佐山たち藩士が五人、両国広小路に出かけたという。五人もいっしょにいったのは、篠塚と佐々野の腕がたつこともあったが、ふたりと出会ったとき、逃さないために人数を多くしたのだという。

「ところが、篠塚たちを捜して両国広小路の人通りのなかを歩いているうちに、西崎兄弟の姿を見失ってしまったのです。広小路を捜したが見当たらず、重森どのが柳原通りかもしれん、と言い出し、行ってみると、兄弟が篠塚、佐々野と闘っていました。……弟の永次郎どのが手傷を負い、あわやというところでした」

佐山が、篠塚と佐々野には逃げられたが、西崎兄弟を助けることができたことを言い添えた。

また、重森弥之助は、江戸勤番の藩士で目付組頭だという。国許にいるとき大友左衛門の配下だったこともあり、親身になって西崎兄弟の力になっているそうだ。

「そこもとたちも、近いうちに重森と会ってもらうつもりだ」

内藤が言い添えた。

6

泉十郎は内藤の話がひととおり終わるのを待ち、

「ご家老にお訊きしたいことがございます」

と、声をあらためて言った。

「なにかな」

「江戸の藩士のなかに、篠塚と佐々野に味方する者がいるような気がするのですが……」

泉十郎は、語尾を濁《にご》した。何の確証もなかったが、相馬から奥江藩の家臣たちの間に対立があるらしいと聞いていたので、篠塚たちに味方する者がいるのではないかとみていたのである。

「いるようだ」

内藤が顔をけわしくして言った。

「その者たちは、分かっているのですか」

「普請奉行の大江重蔵《おおえじゅうぞう》と先手組物頭の野田源之助《のだげんのすけ》の配下の者だが……。当の大江と野田がどのようにかかわっているかは、まだ分かっていないのだ」

内藤によると、大江と野田は国許にいるという。また、奥江藩の場合、先手組物頭は国許にふたり、江戸にもひとりいるそうだ。

普請奉行の大江は、国許で荒瀬川の堤防の普請に長くかかわっており、勘定方を指揮していた西崎に調べられていた張本人だという。その西崎を暗殺した篠塚と佐々野の背後に、大江がいたと疑われるのは当然だった。また、篠塚と佐々野は先手組らしいので、物頭の野田が疑われるのもうなずける。

……家中の対立は、これか。

と、泉十郎は思った。

仇討ちをめぐって、西崎兄弟に味方する者と篠塚たちに味方する者が対立しているのではあるまいか。

ただ、これだけなら御家騒動とみるほどのことではない。大義名分は西崎兄弟にあるし、篠塚たちに与《くみ》する者はごくわずかであろう。ただ、その対立が大きくなり、家中を二分するような騒ぎに発展する可能性はある。

「おふたりには、手を貸していただけようか」

内藤が声をあらためて言った。

「われらは、何をすれば……」

泉十郎は語尾を濁した。いまのところ、一方に荷担《かたん》して動くより、藩の内情を把握《はあく》する方が先だった。それに、御庭番としては御家騒動にならないようにことを収めるのが、何より大事である。

「西崎兄弟に敵を討たせてやりたいのだが、まだ様子の知れない江戸市中で下手に動くと、また柳原通りの二の舞いになるのではないかと懸念《けねん》しているのだ」

そう言って、内藤が眉を寄せた。

「……」

泉十郎は無言でうなずいた。

「それで、篠塚と佐々野を捜すのに、手を貸してはいただけまいか」

どうやら、内藤は泉十郎のような者たちなら、江戸市中に潜伏している篠塚たちを捜し出せると踏んだらしい。

「われらにできることであれば、お手伝いいたします」

泉十郎は、篠塚たちを捜すために西崎兄弟や重森たちと接触しているうちに、奥江藩の騒動も見えてくるのではないかと思った。

泉十郎が植女に目をやると、ちいさくうなずいた。植女も、西崎兄弟の仇討ちに荷担することに異存はないようだ。

「まず、西崎兄弟と重森に会って、話を聞いてもらいたいが」

内藤が言った。

「承知しました」

「では、すぐに手配いたそう」

内藤は、傍《かたわ》らに座している佐山に、吉川屋《よしかわや》を手配してくれ、と小声で命じた。

その夜、内藤との話はそれで済んだ。泉十郎と植女は、佐山に送られて上屋敷の裏門から出た。

泉十郎たちが大名小路に出て、北にむかって歩き出すと、背後から近付いてくるひとの気配がした。

振り返ると、おゆらだった。いつ着替えたのか、おゆらはまた巡礼の姿をしていた。笈のなかに衣装や忍具などが入っているので、置いてくるわけにはいかなかったのだろう。

「どんな話でした」

おゆらが、泉十郎に身を寄せて訊いた。

「西崎兄弟の仇討ちに手を貸すことになったよ」

泉十郎はそう言って、内藤との話をかいつまんで話した。

「あたしも、手伝いますよ」

「頼む」

おゆらは、いっとき黙って泉十郎たちと歩いていたが、急に植女に身を寄せ、

「植女の旦那、無口だね。いい女《ひと》のことでも、考えてるんじゃァないのかい」

と、植女の耳元でささやいた。くだけた物言いである。

「いい女などいない」

植女は表情も変えずに言った。

「あら、あたし、旦那がいい女といっしょに住んでるのを知ってるんだよ」

そう言って、おゆらは指先で植女の肩をつついた。

植女は神田平永町《ひらながちょう》の借家に住んでいた。おきぬという女といっしょらしい。

植女はおきぬのことを話さないが、妻女ではなく情婦《いろ》のようだ。

「そうか」

植女は、関心なさそうに言った。

「どう、今夜あたり、あたしの塒《ねぐら》に泊まらない」

おゆらが、上目遣いに植女を見て言った。

「やめておこう。おゆらに、首を掻《か》き切られたくないからな」

植女は口許に薄笑いを浮かべたが、すぐに表情のない顔にもどった。

「いいよ、旦那を誘うのは、またにするから」

おゆらはそう言うと、植女のそばからスッと離れた。

泉十郎と植女はおゆらの遠ざかっていく足音を聞きながら、夜の帳《とばり》のなかを足早に歩いた。

7

増上寺の門前通りに、吉川屋という料理屋があった。その店の二階の座敷に、六人の武士が集まっていた。泉十郎、植女、重森、佐山、それに西崎兄弟である。弟の永次郎の肩から腋《わき》にかけて晒《さらし》が巻いてあるようだった。まだ、傷は完治していないらしいが、両腕を動かしているので、心配することはないだろう。

一昨日、佐山から泉十郎に、吉川屋で会いたいとの連絡があり、泉十郎と植女が店まで足を運んできたのである。

「ご家老より、おふたりのことをお聞きしました。江戸市中のことにくわしいおふたりに、助勢していただければ、篠塚たちの潜伏先も容易につかめるのではないかと期待しています」

重森がそう言って低頭すると、西崎兄弟も深々と頭を下げた。

どうやら、家老の内藤は、重森に泉十郎と植女が江戸市中のことにくわしいと話したらしい。

泉十郎につづいて植女が名乗った後、

「われらが御仕《おつか》えしている方とご家老の内藤さまが、親しくしておられることから、われらの話が出たようです。われらふたりは敵討ちのことを知り、紀之助どのと永次郎どのに何とか敵を討ってもらいたいと思った次第でござる」

泉十郎が言い添えた。御庭番のことを口にするわけにはいかなかったので、苦しい言いまわしになった。

植女は他人事《ひとごと》のような顔をして黙って聞いている。

泉十郎が話し終えたとき、酒肴《しゅこう》の膳がとどいた。座敷に集まった男たちが、いっとき酒を酌《く》み交《か》わした後、

「それで、篠塚と佐々野が身をひそめているところだが、何か心当たりは」

泉十郎が、声をあらためて訊いた。

「心当たりが、ないのだ」

重森がくだけた物言いをした。体の硬さもとれている。泉十郎といっしょにいた植女が総髪だったことから、牢人《ろうにん》か、それとも非役の幕臣とみたようだ。それに、酒を酌み交わし、これから共に篠塚たちと闘うという思いもあって、仲間のような意識をもったのかもしれない。

「篠塚と佐々野は、江戸詰だったことがあるのか」

泉十郎の物言いも、くだけた調子になった。

「ないようだ」

「柳原通りで、篠塚たちと剣を交えたふたりに訊くが、篠塚たちは寺社や橋の下などに寝泊まりしているように見えたかな」

泉十郎が訊いた。江戸に入ってからずっと寺社や橋の下などで暮らしていれば、着物や髪の乱れなどですぐに分かるはずである。

「いえ、身装《みなり》はきちんとしてました」

兄の紀之助が言うと、永次郎もうなずいた。

「とすれば、篠塚たちはどこかの家屋敷で暮らしていたことになる。まず、考えられるのは、奥江藩の屋敷だが」

奥江藩には、上屋敷の他にも中屋敷や下屋敷もあるはずだ。そこに、篠塚たちに与する者がいて、匿《かくま》っているかもしれない。

「藩邸に身をかくしている様子はない。すでに、中屋敷と下屋敷にも手をまわして調べてあるのだ」

重森が断定するように言った。

「ならば、藩士の町宿だな」

品川《しながわ》辺りの旅籠《はたご》に泊まる手もあるが、長期間は無理である。

町宿とは、江戸詰の藩士が藩邸内に入りきれなくなったとき、市井の借家などに住むことである。町宿に住む藩士のなかに、篠塚たちに与する者がいれば、そこにふたりを匿っているかもしれない。

「町宿か……」

重森はいっとき虚空《こくう》に視線をとめて考え込んでいたが、

「篠塚と佐々野は、町宿に身をひそめているかもしれぬ」

と、顔をけわしくして言った。

「わしらには、藩士たちの町宿のことまでは分からぬ。そちらであたってみてくれ」

泉十郎が言った。

「承知した」

すぐに重森が応えた。

次に口をひらく者がなく、座が沈黙につつまれたとき、

「気になることが、あるのだが」

泉十郎が首をひねりながら言った。

「気になるとは」

重森が訊くと、佐山と西崎兄弟の目も泉十郎にむけられた。

「篠塚と佐々野は、藩の追っ手や仇討ちを恐れて江戸に逃れてきたのだろうか」

「どういうことかな」

「追っ手や仇討ちから逃れるためなら、藩士たちの目のある江戸に来るより、奥江藩とかかわりのない地に身を隠した方がいいはずだ。……駿河から江戸にくる途中の宿場の周辺に身を隠しても、江戸よりも居所を知られないぞ」

「ですが、江戸には篠塚たちに味方して匿う者がおります。それに、暮らしの糧《かて》を得ることもできるはずです」

　これまで黙って聞いていた紀之助が、身を乗り出すようにして言った。

「篠塚たちに味方する者は、江戸詰の藩士かな」

　泉十郎の胸に、普請奉行の大江と先手組物頭の野田のことが浮かんだ。内藤が口にしたとおり、ふたりに与する者が江戸にもいるようだ。

「江戸詰の藩士のなかにもいる」

　重森がけわしい顔をして言った。多くの家臣が対立し、御家騒動のように見られるのを避けたいのだろう。

「篠塚たちに味方する者のなかに、町宿の藩士は」

　さらに、泉十郎が訊いた。

「いるかもしれぬ。……すぐに、探ってみよう」

　重森が強い口調で言った。

「篠塚たちの居所が知れたら、おれたちにも知らせてくれ」

「承知した」

　泉十郎と重森たちのやり取りが終わると、それまで黙って聞いていた植女が、

「篠塚と佐々野は、腕がたつようだが、何流を遣う」

と、くぐもった声で訊いた。

「八雲流《やくもりゅう》でござる」

「聞いたことのない流派だが」

「八雲流は、わが領内に伝わる流派なのだ」

重森によると、天保《てんぽう》の前ころ、八雲源兵衛《げんべえ》なる兵法者が尾張《おわり》で柳生新陰流《やぎゅうしんかげりゅう》を修行した後、武者修行の旅をつづけ、奥江藩の領内に住み着いて、さらに修行と工夫を重ね、独自の刀法を身に付けたという。そして、八雲流と名付けて領内に道場をひらき、門人たちに伝授したそうだ。

「その一門の者がいまでも、領内に道場をひらいており、篠塚と佐々野はその道場の門弟だったのだ」

「いずれにしろ、われらは篠原と佐々野の潜伏先をつきとめて、篠原と佐々野を討てばいいのだな」

泉十郎が言った。

「頼む」

重森がちいさく頭を下げると、脇に座していた西崎兄弟も低頭した。

第二章　囮《おとり》

1

「佐々野の潜伏先が知れました」

佐山が言った。

「知れたか」

泉十郎の声が大きくなった。

泉十郎たちがいるのは、木挽町《こびきちょう》六丁目にある柴山安次郎《しばやまやすじろう》の住む借家だった。

柴山は借家を町宿として住んでいたのである。

柴山は江戸詰の奥江藩士で、身分は佐山と同じ下目付だった。江戸の大目付、皆川峰之助《みながわみねのすけ》の命で、佐山たちとともに篠塚と佐々野の行方《ゆくえ》を探っていたのである。

泉十郎は重森と相談し、連絡先に柴山の町宿を使うことにしたのだ。泉十郎は小柳町にある鶴沢屋のことは口にしなかった。すぐに、泉十郎の身分が知れてしまうので、鶴沢屋には来てほしくなかったのだ。

そこで、小柳町と奥江藩の上屋敷のなかほどにある柴山の住家を連絡先に決めたのである。

借家の座敷に、泉十郎、佐山、柴山、重森の四人の姿があった。

「佐々野ひとりか」

泉十郎は、篠塚もいっしょではないかと思って訊《き》いたのである。

「篠塚はいっしょではありませんが、そこは、藩士の上原登三郎《うえはらとうざぶろう》の町宿です」

佐山によると、上原は先手組のひとりだという。

「篠塚と佐々野も先手組だったな」

「そうです」

「上原の町宿は、どこにある」

「浜松町《はままつちょう》にある借家です」

浜松町は増上寺の東方、東海道沿いにひろがっている。

「佐々野を捕らえれば、篠塚の居所も知れるな」

泉十郎は篠塚の居所だけでなく、篠塚に味方する他の藩士も知れるし、篠塚たちが国許から出府した理由も分かるのではないかと思った。

「それが、佐々野は上原の借家にいないことが多いのです」

柴山が眉《まゆ》を寄せて言った。

「われらに居所をつかませないように、住家を替えているのではないかと……」

柴山が語尾を濁《にご》した。はっきりしないのだろう。

「どういうことだ」

「うむ……」

泉十郎は迷った。佐々野が上原の借家に姿を見せるのを待つか、上原を捕らえて話を聞くかである。

「二、三日、われらが上原の借家を見張り、佐々野が姿を見せたら、すぐに向井どのに知らせよう」

重森が言った。

「承知した」

泉十郎は、重森たちの判断にまかせようと思った。

重森たちとの話は、それで終わった。泉十郎は鶴沢屋にもどった後、植女の住む神田平永町の借家に立ち寄り、重森たちとの話を伝えた。

三日後、泉十郎と植女が柴山の住む借家に顔を出すと、佐山が来ていた。

「ちょうどよかった。向井どのたちに、知らせることがあったのです」

佐山がほっとした顔をした。

「何かあったのか」

「それが、ここ三日、佐々野は上原の住む借家に姿を見せないのです」

佐山によると、泉十郎と会って佐々野のことを話した後、ずっと上原の住む借家を見張っているが、佐々野は姿を見せないそうである。

「それで」

泉十郎が話の先をうながした。

「重森どのは、上原を拘束して話を聞くつもりになったらしく、泉十郎どのたちが来たら知らせてくれ、と指示されたのです」

「いつ、上原を捕らえるつもりなのだ」

「明日にも」

佐山によると、上原は見張られていることを察知して姿を消す恐れがあるという。

「おれたちも、手を貸そう」

泉十郎が言うと、植女もうなずいた。

「ありがたい」

佐山がほっとした顔をした。

「それで、おれたちはどこへ行けばいい」

「明朝《みょうちょう》、ここに来ていただけませんか。柴山に案内させます」

「承知した」

泉十郎と植女は、それだけ話すと柴山の住む借家を出た。

翌朝、まだ暗いうちに植女が、泉十郎の住む鶴沢屋に姿を見せた。ふたりは中山道に出て、日本橋に足をむけた。柴山の住む借家までそう遠くはない。

「おゆらは、どうしている」

歩きながら、泉十郎が訊いた。このところ、おゆらの姿を目にしていなかった。

「何をしているのか。……奥江藩の上屋敷に忍び込んで、藩士たちの動きを探っているのかもしれない」

「そのうち、おゆらも何かつかんでくるな」

「あれで、なかなか頼りになる」

「そうだな」

泉十郎と植女は、そんなやり取りをしながら京橋《きょうばし》を過ぎて左手の通りに入った。いっとき歩き、三十間堀《さんじっけんぼり》の東側の道に出た。その道沿いに、木挽町が一丁目から七丁目までつづいている。

柴山の住む借家には、重森と佐山が来ていた。

重森は泉十郎と植女を見ると、

「何度も足を運ばせて、すまない」

と礼を言った後、これから浜松町に出かけることを話した。

泉十郎たちは柴山の借家で一休みしてから、泉十郎、植女、重森、佐山の四人で浜松町へむかった。柴山は借家に残ることになった。

泉十郎は東海道を南にむかって歩きながら、

「だれか、上原を見張っているのか」

と重森に訊いた。

「見張っている」

重森によると、目付筋の者がふたり、上原の住む借家を見張っているそうだ。

泉十郎たちは汐留川にかかる芝口橋を渡り、さらに東海道を南にむかった。東海道は人通りが多かった。旅人、駕籠《かご》、駄馬を引く馬子《まご》、旅装束《たびしようぞく》の武士などが行き交っている。

しばらく歩くと、前方右手に増上寺の杜《もり》が見えてきた。左手には、大名屋敷の先に江戸湊《みなと》の海原《うなばら》がひろがっている。

2

泉十郎たちが浜松町に入ってほどなく、先頭を歩いていた佐山が、

「こちらです」

と言って、右手の道に入った。その辺りは、浜松町三丁目である。

道沿いには、八百屋《やおや》、酒屋、舂米屋《つきごめや》などの小体な店や仕舞屋《しもたや》などがつづいていた。人影はまばらで、ひっそりとしていた。

その道に入ってしばらく歩いてから、佐山が路傍《ろぼう》に足をとめ、

「そこの松の斜向《はすむ》かいにあるのが、上原の住む借家です」

と言って、路傍で太い幹を伸ばしていた松を指差した。その松の斜向かいに、小体な仕舞屋があった。

「見張りを呼んできます」

そう言い残し、佐山は足早に借家にむかった。

佐山は松の幹の脇に身をひそめていた武士をひとり連れてもどってきた。松の

陰から、借家を見張っていたらしい。

「南部洋助《なんぶようすけ》です」

佐山が武士の名を口にした。

「上原はいるか」

すぐに、重森が訊いた。

「います」

「ひとりか」

「いまは、ひとりです」

小半刻《こはんとき》（三十分）ほど前、下働きに来ている年寄りが帰り、いま家にいるのは上原だけだという。

「久保里之助《くぼさとのすけ》は」

重森が訊いた。

「裏手を見張っています」

どうやら、久保は南部とふたりで上原を見張っていた目付筋の者らしい。

「すぐに踏み込むつもりだが、どうかな」

重森が泉十郎に訊いた。

「いいだろう」

泉十郎も、上原が家にいるときに捕らえた方がいいと思った。

泉十郎たちは、借家にむかった。そして、家の前まで来たとき、植女と佐山が裏手にまわった。背戸から逃げるのを防ぐためである。

泉十郎、重森、南部の三人は足音を忍ばせて、借家の戸口に身を寄せた。家のなかから、かすかに物音が聞こえた。床板を踏むような音である。

「あけます」

南部が小声で言って、板戸を引いた。

戸は重い音をたててあいた。敷居の先に狭い土間があり、その奥が板間になっていた。板間に武士がひとり立っていた。羽織袴姿で、大刀を手にしている。これから、上屋敷に行くところだったのかもしれない。

武士は、いきなり入ってきた泉十郎たちを目にし、

「な、何者！」

と、驚いたような顔をして声を上げた。

「上原、おれだ」

重森が言った。

「し、重森どの……」

上原は重森に気付くと、顔から血《ち》の気《け》が引いた。

「上原、訊きたいことがある、いっしょに来てくれ」

そう言って、重森が板間に上がろうとしたときだった。

上原はいきなり抜刀し、

「そこをどけ！」

と叫びざま、重森に斬りかかろうとした。

重森が慌てて身を引いたところへ、泉十郎が踏み込んだ。抜刀する間がなかったので、素手である。

上原は足をとめ、反転して泉十郎に斬りかかろうとした。そこへ泉十郎が身を寄せ、当て身をくらわせた。一瞬の動きである。

泉十郎の拳が、上原の鳩尾《みぞおち》に入った。

上原は、グッと喉《のど》の詰まったような呻《うめ》き声を洩《も》らし、腹を押さえてその場にうずくまった。

すかさず、泉十郎は刀を抜き、切っ先を上原の首にむけて、

「動けば、首を落とす」

と、強い声で言った。

そこへ、裏手にまわった植女たち三人が入ってきた。家のなかの物音を聞いて駆け付けたらしい。

「上原に縄をかけろ」

重森が指示した。

久保と南部が、上原の両腕を後ろにとって細引《ほそびき》で縛《しば》り、板間の奥の座敷に連れていった。この場で上原から話を聞くことにしたのだ。

座敷に上原を座らせ、重森、佐山、南部、久保の四人で取り囲んだ。泉十郎と植女は、すこし間をとって立っていた。この場の訊問《じんもん》は重森たちにまかせようとしたのである。

「上原、ここに佐々野を匿《かくま》っていたな」

重森が上原を見据えて訊いた。

「し、知らぬ」

上原が苦痛に顔をしかめて言った。泉十郎に当て身を受けた鳩尾が痛むのかもしれない。

「おれたちは、佐々野がここを出入りしているのを目にしているのだぞ」

重森が語気を強くして言った。

「……！」

上原の顔がひき攣《つ》った。

「佐々野はここにいたな」

「か、梶野《かじの》さまに命じられて……」

上原が声をつまらせて言った。言い逃れできない、と思ったようだ。

「梶野甚九郎《じんくろう》どのか」

重森が驚いたような顔をした。

「そ、そうだ」

上原はがっくりと肩を落とした。

泉十郎たちは、後で重森から聞いて知ったのだが、梶野は江戸詰の先手組物頭だという。奥江藩には、先手組物頭が国許にふたり、江戸にひとりいるという。

「ここを出た佐々野は、いまどこにいるのだ」

重森が声をあらためて訊いた。

「どこにいるか知らないが、だれかの町宿に身を寄せているはずだ」

上原が答えた。すこししゃべったことで、隠す気が薄れたのかもしれない。

「先手組の者のところではないか」

「分からない」

上原は首を横に振った。

「うむ……」

重森はいっとき虚空《こくう》に目をとめていたが、泉十郎に顔をむけ、「何かあったら、訊いてくれ」と小声で言った。

泉十郎は重森の脇に立ち、

「篠塚と佐々野は、なぜ江戸に出てきたのだ」

と、上原を見据えて訊いた。静かな声だが、重いひびきがあった。

「そ、それは、仇討ちの手から逃れるため……」

上原が声をつまらせて言った。

「ちがうな。仇討ちから逃れるためなら、藩士たちのいる江戸に来るはずはない。それに、おぬしたち江戸詰の者の住家に身を隠していたのも、何か理由《わけ》があったからだ」

「……！」

上原が息を呑《の》んだ。体の顫《ふる》えが激しくなっている。

「篠塚たちは、なぜ江戸に来たのだ！」

泉十郎の声が大きくなった。

「し、知らぬ」

上原が顔をしかめて言った。

「いや、おぬしは知っている。ここで、佐々野といっしょに寝起きしていて、知らぬはずはない」

さらに、泉十郎が訊いた。

「……！」

「なぜ、江戸に来た」

泉十郎が上原を睨《にら》むように見据えて訊いた。

「と、年寄の横堀《よこぼり》さまを、斬るため……」

上原が声を震わせて言った。

「横堀さまを斬るだと！」

重森が驚いたような顔をした。

奥江藩の年寄は他藩の中老にあたり、家老に次ぐ重職だった。奥江藩の場合、年寄は国許にひとり、江戸にひとりいる。江戸の年寄は、横堀政兵衛《せいべえ》だった。

「篠塚と佐々野は、横堀さまを斬るための刺客《しかく》だったのか」

泉十郎が顔をけわしくして言った。

重森や佐山たちは、驚愕《きょうがく》に息を呑んで上原を見つめている。

3

上原を捕らえて訊問した二日後、泉十郎と植女は、奥江藩上屋敷の江戸家老、内藤庄右衛門の小屋にいった。奥の座敷に顔をそろえたのは、内藤、泉十郎、植女、重森、佐山、それに、年寄の横堀だった。

横堀は五十がらみ、大柄で赤ら顔、濃い眉をしていた。

まず、先手組の上原が、町宿として住んでいる借家に佐々野を匿っていたことを重森が話した。

「物頭の梶野は、配下の上原が佐々野を匿っていたことを知っているのか」

内藤がけわしい顔で訊いた。

「上原は梶野どのに命じられて、佐々野を匿っていたと白状しました」

重森が答えた。

「すると、梶野も此度《こたび》の件にはかかわっているのだな」

「そうみています」

「そういえば、梶野も若いころ八雲流の道場に通っていたと聞いたことがあるぞ」

内藤が言った。

「梶野は篠塚や佐々野と、一門のつながりがあったのかもしれません」

「いま、梶野はどうしておる」

内藤が声をあらためて訊いた。

「藩邸内にいるようですが、変わった動きはないようです」

「上原が捕らえられたことは、梶野の耳に入っていような」

「承知しているはずです。……ですが、上原が梶野どののことを話したかどうかは、知らぬはずです。それに、梶野どのは、篠塚と佐々野とはかかわりない、と言い張るかもしれません」

「うむ……」

重森は虚空を睨むように見据えて黙考していたが、

「ところで、上原は横堀どののことも何か口にしたそうだな。……横堀どのにも来てもらったので、本人の前で話してくれ」

と、横堀に目をむけて言った。

「篠塚と佐々野が出府したのは、敵討ちから逃れるためではなかったのです。横堀さまを討つためです」

「なに！ わしを討つためだと」

横堀は目を剝《む》いた。

「篠塚と佐々野は、刺客です」

重森が強い声で言った。

「うむ……」

横堀の顔がこわばり、膝の上で握りしめた拳が震えている。

「横堀どの、何か心当たりはあるか」

内藤が訊いた。

「心当たりと言われても……」

横堀はこわばった顔のまま虚空に目をとめていたが、何か思い出したように顔を内藤にむけ、

「そう言えば、わしが年寄を命ぜられる前、城代家老の大久保新左衛門《おおくぼしんざえもん》さまか

ら、普請奉行の大江が年寄を望み、殿や大久保さまに働きかけがあったと聞いている」

そう言って、顔に怒りの色を浮かべた。

「大江は、いまでも年寄の座を狙っているのではないか。それで、横堀どのを討つために、篠塚たちを刺客として出府させたのかもしれん」

内藤の顔にも怒りの色があった。

黙って重森と内藤、横堀のやりとりを聞いていた泉十郎は、

……国許の普請奉行の大江が黒幕のようだ。

と、思った。内藤が口にしたとおり、大江が年寄の座を得るため、江戸にいる年寄の横堀を暗殺しようと篠塚と佐々野を出府させたのであろう。

「梶野どのを押さえて話を聞きますか」

重森が訊いた。

「梶野を押さえても、篠塚と佐々野は江戸市中に潜伏し、横堀どのを狙いつづけるぞ。篠塚たちの背後にいるのは、国許の大江らしいからな」

内藤の顔は、けわしいままだった。

「梶野どのなら、篠塚と佐々野の居所を知っているかもしれません」

「梶野が篠塚と佐々野の居所を知っていたとしても、篠塚たちは、梶野が捕らえられたことを知れば、居所を変えるのではないか。……家臣のなかには、他にも篠塚たちに与《くみ》する者がおろう。そやつらが、梶野が捕らえられたことを篠塚たちに知らせるにちがいない」

「いかさま」

重森は声を落とした。

内藤と重森が口をつぐむと、座は重苦しい沈黙につつまれた。

「わしに、いい手がある」

横堀が低い声で言った。

「いい手とは」

内藤が訊くと、その場に集まっていた男たちの視線が横堀に向けられた。

「わしがどこかへ出かけ、囮《おとり》になろう。わしを襲って、篠塚たちが姿を見せたとき、捕らえればいい。篠塚と佐々野だけでなく、ふたりに味方している江戸勤番の者たちも知れるのではないかな」

「だが、それでは……」

内藤は、言いかけた言葉を呑んだ。横堀どのの命があやうい、と言おうとしたのかもしれない。

「屋敷内にいても、狙われるだろうし……。それに、このままでは、わしは屋敷から出られないからな」

「ならば、万全の警護をつけよう」

内藤が腹をかためたような顔をして言った。

「どこへ、出かけようか」

横堀はいっとき口をつぐんでいたが、

「そうだ。奥方のご機嫌《きげん》伺《うかが》いに、下屋敷まで行こう。……狙いやすい溜池《ためいけ》沿いの道を通るから、きゃつら、かならず仕掛けてくる」

と、昂《たかぶ》った声で言った。横堀も高揚《こうよう》しているようだ。

奥江藩の下屋敷は、赤坂《あかさか》の溜池の南方にあった。下屋敷には、藩主の正室の萩《はぎ》乃《の》と嫡男の長太郎《ちようたろう》が暮らしていた。なお、藩主の狩野《かりの》土佐守直高《なおたか》は参勤で国許に帰っていた。

「なんとしても、篠塚たちを捕らえねばな」

内藤が重森たちに目をやり、念を押すように言った。

そのとき、黙って聞いていた泉十郎が口をひらいた。

「われらも、警護にくわわりましょう」

「それがしも」

植女が小声で言い添えた。

「頼む」

内藤が泉十郎と植女に目をやってうなずいた。

その後の話で、横堀が赤坂にある下屋敷に行くのは、五日後と決まった。

4

泉十郎と植女が奥江藩の上屋敷に出かけた翌日、泉十郎、植女、おゆらの三人は、愛宕下の上屋敷近くに来ていた。上屋敷から赤坂にある下屋敷までの道筋を歩いてみようと思ったのだ。

泉十郎たち三人は、上屋敷の近くから大名小路を北にむかった。通り沿いには、大名屋敷がつづいている。通りは大名家に仕える藩士や中間《ちゅうげん》などの姿が目についた。ときどき騎馬の武士や警護の者に守られた留守居《るすい》駕籠などが通りかかった。留守居駕籠は、大名家の家老や留守居役などが乗る。

「横堀さまは、下屋敷まで馬で行くのかい」

おゆらが、歩きながら訊いた。

「留守居駕籠らしい」

泉十郎は、警護の藩士は二十人ほどと聞いていた。

「この通りで襲うことはないね」

おゆらが言った。

「そうだな」

泉十郎も、大名小路で篠塚たちが横堀たちの一行を襲うとは思えなかった。

植女は、あいかわらず黙って歩いている。

泉十郎たちは、いっとき大名小路を歩いてから左手の通りに入った。その通り沿いにも、大名屋敷や大身の旗本屋敷がつづいていた。

しばらく歩くと、前方に溜池が見えてきた。溜池の周辺には、雑草が生《お》い茂っていた。芒《すすき》や葦《あし》などの丈の高い草が群生している。

溜池沿いの道を赤坂御門の方へ歩くと、しだいに人影がすくなくなってきた。道沿いにつづいていた旗本や大名の屋敷が途絶え、辺りが急に寂しくなった。

通りの右手は溜池で、道沿いに葦や芒などが生い茂っていた。左手は桐林《きりばやし》になっていて、大きな葉を茂らせている。

「襲うなら、この辺りだな」

泉十郎は足をとめた。

「道の両側に、身をひそめられる」

植女が道の左右に目をやりながら低い声で言った。

「両側から一気に飛び出し、駕籠を襲われたら防ぐのはむずかしいよ」

おゆらが顔をけわしくして言った。

「そうだな」

道の両側に身をひそめていて槍を持って飛び出し、駕籠を突かれたら防ぎようがない、と泉十郎は思った。

「駕籠はかえってあぶないよ。逃げ場がないからね」

「たしかにそうだ」

何か手を考えねばならない、と泉十郎は思った。

「おれたちが斥候《せっこう》として先に歩き、潜伏先をつきとめたらどうだ」

植女が言った。

「それしかないな。……よし、おれが乗物のそばに付く。植女とおゆらは、先行して篠塚たちの動きを探ってくれ」

「いいよ」

おゆらは植女に目をやり、「植女の旦那、ふたりだね」とささやくような声で言った。

植女は何も言わず、通りの左右に目をやっている。

泉十郎は歩きだしながら、

「飛び道具を遣《つか》うかもしれん」

と、小声で言った。

「鉄砲か」

「いや、鉄砲は遣うまい。弓だな」

江戸市中で鉄砲を遣ったことが幕府に知れれば、奥江藩に対して何らかの処罰があるだろう。藩士たちも、そのことは承知しているはずだ。それに、篠塚たちのなかに鉄砲を遣い慣れた者がいるとは思えない。

「あたしと植女の旦那で先を歩いて、弓を持っている者がいたら知らせるよ」

「頼む」

泉十郎たちはそんなやり取りをしながら歩き、前方に赤坂御門が見えるところまで来た。

「この辺りと聞いたぞ」

泉十郎はこの辺りの道沿いに古刹《こさつ》があり、その脇の道を入った先に奥江藩の下屋敷があると聞いていたのだ。

「そこに、寺の杜があるよ」

おゆらが指差した。

二町ほど先に、杉や松などの杜のなかに寺の本堂らしい屋根が見えた。

「あそこだな」

泉十郎たちは足を速めた。

通りからすこし入ったところに古刹があった。その寺の脇に、左手に入る道が見えた。人影のない寂しい道である。

泉十郎たちは左手の道に入った。しばらく歩くと道幅がひろくなり、人通りも多くなった。この辺りは武家地で、町人はすくなく武士や中間などが目についた。道沿いには旗本や大名の屋敷がつづいている。

「紀伊《きい》家の屋敷の南と聞いたが」

泉十郎が周囲に目をやりながら言った。

紀伊家とは紀州藩のことで、徳川御三家のひとつである。

「紀伊家の屋敷はあれですよ」

植女が右手を指差した。

大身の旗本や大名家の屋敷のつづく先に大きな屋敷があり、殿舎の甍《いらか》が折り重なるように見えた。

「すると、この辺りだな」

泉十郎たちがいるのは、紀伊家の上屋敷の南方だった。

「あれだな」

泉十郎が指差した。

通り沿いに、大名の下屋敷らしい建物があった。念のため、泉十郎が通りかかった武士に訊いてみると、やはり奥江藩の下屋敷だった。

泉十郎たちは、下屋敷の門前まで行ってみた。堅牢《けんろう》な長屋門で、門扉はとじられていた。付近に人影はない。

「どうします」

おゆらが訊いた。

「もどろう。……篠塚たちは、横堀どのが下屋敷内に入ってから襲うことはないはずだ」

泉十郎たちは、来た道を引き返した。

泉十郎が歩きながら、

「篠塚たちが横堀どのを襲うのは、溜池付近だな」

と、念を押すように言った。

5

その日、晴天だった。秋の陽射しが辺りを照らしている。

五ツ半(午前九時)ごろ、横堀の乗る留守居駕籠の一行は愛宕下の上屋敷を出た。中間と駕籠を担ぐ陸尺《ろくしやく》の他に、警護の武士が十二人ついた。ふだんより警護の人数が多い。駕籠の先棒の前に、四人、後棒の後ろに六人、それに駕籠の脇にひとりずつついた。警護の武士のなかには、網代笠《あじろがさ》をかぶっている者が何人かいた。陽射しを避けるためであろうか。

泉十郎は駕籠の脇についていた。駕籠の反対側は、腕のたつ佐山が守っていた。通り沿いに身を隠して駕籠の脇から飛び出し、駕籠を襲う者に対応するためである。

重森は後棒のすぐ後ろについていた。駕籠と通りの左右に目を配りながら歩いている。

一行のなかに、植女とおゆらの姿はなかった。先に行って、溜池沿いの通りを探っているはずだ。

駕籠の一行は、大名小路を北にむかった。通りは、いつもと変わりなかった。大名家の家臣と思われる者が供を連れて騎馬で通ったり、中間が道の隅に身を寄せて駕籠の一行を見送ったりしていた。駕籠の跡を尾けている者も、通り沿いに身を隠している者もいないようだった。大名小路には秋の陽が満ち、のどかな感じさえした。

泉十郎はこの通りで襲われることはないとみて、すこし歩調をゆるめた。そして、重森に身を寄せ、

「重森どの、藩邸の梶野の動きは」

と、小声で訊いた。梶野の動きが気になっていたのである。

「ここ何日か、藩邸内の長屋をまわって先手組の者と会っていたようだ」

重森が小声で言った。

「今朝方、梶野や先手組の者は屋敷を出たのか」

屋敷を出ていれば、横堀を襲うためとみていい。

「未明のことは分からない。それに、昨夜のうちに出ている者がいるかもしれん」

重森が顔をけわしくして言った。

「いずれにしろ、襲うとすれば、溜池近くとみていいな。藪《やぶ》や桐林のなかから飛び出して駕籠を襲うかもしれん」

「おれも、そんな気がする」

「弓で乗物に射かける手もある」

「弓や鉄砲の飛び道具に対する手は打ってある。楯も防げるぞ」

重森が泉十郎に身を寄せて耳打ちした。

「それはいい」

泉十郎が口許をゆるめた。

「おれは、駕籠の後ろにもどるぞ」

そう言い残し、重森は後棒の後方にまわった。

一行は大名小路から左手の通りに入った。その先が、溜池である。

　そのころ、植女とおゆらは溜池沿いに群生している葦のなかに身を隠していた。植女は小袖に裁着袴、手甲脚半《てっこうきゃはん》に草鞋《わらじ》履きである。おゆらは、腰切半纏《こしきりばんてん》に股《もも》引姿《ひき》で、手ぬぐいで頰《ほ》っかむりしていた。髪は後ろに垂らし、項《うなじ》から襟の後ろに入れて隠している。遠目には、左官か屋根《やね》葺《ふ》き職人のように見える。

「植女の旦那、その木の陰にふたりいるよ」

　おゆらが、三十間ほど先の灌木《かんぼく》を指差して言った。男のような物言いである。おゆらの双眸が、鋭いひかりをはなっていた。植女に身を寄せていたが、まったく浮いた気分はないようだ。おゆらは、御庭番になりきっている。

　葦原のなかに、太い樫《かし》の木が枝葉を茂らせていた。その樹陰にふたつの人影があった。

「弓を持ってるな」

　植女は、ふたりが弓を手にしているのを目にした。

「あそこから、駕籠を狙うつもりだよ」

「おゆら、桐林のなかにもいるぞ」

　植女が、通りの先を指差した。

斜向かいの桐林のなかにいくつかの人影があった。いずれも、武士らしい。頭巾をかぶって顔を隠している。

「三人はいる」

おゆらが、つぶやくような声で言った。

「槍を持ってるな」

桐の葉叢《はむら》の間から槍穂が見えた。

「飛び出して、駕籠を槍で突く気だよ」

「そのようだ」

「ひそんでいるのは、樫の陰と桐林のなかだけかな」

「いや、他にもいるはずだ」

植女は、鋭い目を通りの左右にやった。だが、どこに潜んでいるか分からなかった。

「どうする」

おゆらが訊いた。

「おゆらは、ここにいてくれ。念のため、向井どのに知らせてくる」

「また、ここへもどるのかい」

「すぐ、もどる」

そう言い残し、植女はすばやい動きで葦のなかを通り抜け、すこし離れたところで通りに出た。すこし風があり、葦がザワついていたこともあって、身をひそめている者たちは植女に気付かなかったようだ。

通りに出た植女は、溜池沿いの道を疾走した。迅《はや》い。すぐに、植女の姿は通りの先に遠ざかった。

植女が溜池沿いの通りから汐見坂と呼ばれるところまで来ると、前方に駕籠の一行が見えた。横堀たちである。

植女が足早に駕籠に近付くと、駕籠の脇にいた泉十郎が走り寄った。

ふたりは駕籠の進む方向に歩きながら、小声で話した。

「溜池で待ち伏せているぞ」

と植女が耳打ちすると、

「飛び道具は」

すぐに、泉十郎が訊いた。飛び道具のことが気になっていたのだろう。

「弓を持っているのが、ふたり」

植女が通りの右手、葦の群生したなかの樫の樹陰に、弓を手にしたふたりが身をひそめていることを伝えた。

「他には」

泉十郎が訊いた。

「反対側の桐林のなかに三人、いずれも槍を持っている」

「そこから飛び出して、駕籠を襲う気だな」

「そうみていい」

「よし、駕籠の左手をかためよう」

泉十郎は駕籠の左手にまわろうと思った。

「駕籠が近付いたら、おれとおゆらで、弓を持ったふたりを襲う」

植女が言った。

「そうしてもらえば、助かる」

弓を持っている者がふたりだけなら、植女とおゆらが襲えば、「飛び道具は防げることになる。

「待ち伏せているのは、それだけか」

泉十郎が声をあらためて訊いた。

「他にもいるような気がする」

植女が、五人ではすくな過ぎる、と言い添えた。

「そうだな」

「溜池沿いの葦のなかに、身を隠している者がいるかもしれない」

「いずれにしろ、横堀どのを守る手はある」

泉十郎が、自信ありげに言った。

6

植女はおゆらのそばにもどると、

「どうだ、やつらの動きは」

と、樫の樹陰に目をやりながら訊いた。

「ふたりで、前の高い葦を踏み倒していたよ」

「そこから、弓で駕籠を狙うのだな」

植女は、樹陰にいる武士を見つめながら言葉をつづけた。

「いいか。おれとおゆらとで、あのふたりが矢を放つ前に襲うのだ。桐林にいる者たちの槍は、向井どのたちが迎え撃つはずだ」

「分かった」

「おゆら、無理をするな。近付かずに、手裏剣を遣えよ」

「やっぱり、植女の旦那は、やさしいね」

そう言って、おゆらは植女に目をやって表情をやわらげたが、すぐに闘いを前にしたけわしい顔にもどった。

「来たぞ」

通りの先に駕籠の一行が見えた。

秋の陽射しのなかを駕籠の一行が、近付いてくる。一行の近くに他の人影はなかった。後方に、供連れの武士の姿が見えるだけである。

「おゆら、いくぞ」

植女は葦を分けながら、弓を手にしたふたりがひそんでいる樫の木に近付いた。

葦が揺れて音をたてたが、風にそよぐ葦の音に紛れ、弓を手にしたふたりは気付かないようだった。

植女よりおゆらの方が、動きが速かった。身をかがめ、走るように葦原を進んでいく。子供のころから忍びの修行を積んだおゆらは、こうした葦原のなかを動く際にもほとんど音をたてなかった。

そのとき、樫の樹陰にいたふたりの武士が、通りに近付いた。弓を手にしている。ふたりは前もって葦をなぎ倒した場所に出ると、矢を手にし、近付いてくる駕籠の一行に目をやった。

駕籠の一行が、弓の射程内に近付いてきた。葦原のなかにいるふたりの武士が、弓に矢をつがえた。

これを見たおゆらが、懐から棒手裏剣を取り出した。

植女は葦のなかを疾走した。植女は田宮流《たみやりゅう》居合の達人だった。すこし前屈みの恰好《かっこう》で走り、左手で刀の鍔元《つばもと》を握り、鯉口《こいぐち》を切っている。

葦原にいる武士のひとりが、振り返った。植女が葦を分けて疾走する音を耳にしたらしい。

このとき、おゆらが棒手裏剣を打った。

グッ、と喉のつまったような呻《うめ》き声を上げ、弓を射ろうとしていたひとりの武士が身をのけ反らせた。弓が跳ね上がり、つがえていた矢が虚空に飛んだ。武士は弓を手にしたまま呻き声を上げてよろめいた。棒手裏剣が、武士の背に突き刺さっている。

ザザザッ、と葦を分ける音がひびいた。植女が、もうひとりの武士に迫っていく。

「敵だ!」

武士が叫び、矢を植女にむけようとした。

だが、植女の方が速かった。

イヤアッ!

植女が裂帛《れっぱく》の気合を発し、居合の抜き付けの一刀をはなった。

シャッ、という刀身の鞘走る音がし、稲妻《いなずま》のような閃光《せんこう》が袈裟《けさ》にはしった。

矢をつがえようとしていた武士が、グワッ! という呻き声を上げてよろめいた。武士の肩から背にかけて小袖が裂け、あらわになった肌から血が噴いた。

武士は手にした弓を取り落とすと、よろめきながら腰の刀の柄に手をかけて抜こうとした。

「遅い!」

叫びざま、植女が刀を一閃させた。

横に払った切っ先が、武士の首筋をとらえた。血が驟雨《しゅうう》のように飛び散った。

切っ先が首の血管《ちくだ》を斬ったのである。

武士は血を撒《ま》きながらよろめき、群生した葦のなかへ突っ込んで俯《うつぶ》せに倒れた。首から噴出した血が、葦のなかでシュルシュルと音をたてている。

一方、棒手裏剣を受けた武士は、よろめきながら葦のなかを逃げていく。

「逃がさないよ」

おゆらが、つづけて二本の棒手裏剣を打った。

棒手裏剣は、武士の背と首の盆《ぼん》の窪《くぼ》辺りに突き刺さった。武士は身をのけ反らせ、頭からつっ込むように葦のなかに倒れた。

伏臥《ふくが》した武士は低い呻き声を洩らし、身をよじるように動かしていたが、いっときすると動かなくなった。首に刺さった棒手裏剣が致命傷になったらしい。

このとき、駕籠も襲われていた。

頭巾をかぶった三人の武士が、桐林のなかから飛び出し、槍を構えて駕籠に走り寄った。

駕籠を担いでいたふたりの陸尺は、乗物をその場に置くと、悲鳴を上げて逃げ散った。

「敵だ！」

叫びざま、泉十郎が手にした刀を一閃させた。

泉十郎の切っ先が、駕籠にむかって突き出そうとした槍の胴金《どうがね》の近くを截断《せつだん》した。一瞬の太刀捌《たちさば》きである。

もうひとりの武士が走り寄りざま、駕籠に槍を突き出した。咄嗟《とっさ》に、そばにいた佐山が脇から斬り込んだが、間に合わなかった。

槍の穂が、駕籠の隅に突き刺さった。だが、駕籠のなかから悲鳴も呻き声も聞こえなかった。横堀のいない場所を突いたのであろうか。

一瞬遅れて、佐山の切っ先が、駕籠に刺さった槍の柄を斬り落とした。

武士は槍を捨てて身を引き、腰の刀を抜き放った。

もうひとりの槍を手にした武士が駕籠に迫ろうとしたとき、桐林のなかから、あらたに三人の男が飛び出してきた。槍を手にした男がひとり、他のふたりは抜き身を引っ提げていた。三人とも頭巾をかぶって顔を隠している。

「駕籠だ！　横堀を仕留めろ！」

抜き身を手にした大柄な武士が叫んだ。

……こやつ、篠塚だ！

と、泉十郎は察知した。

泉十郎は篠塚は大柄だと聞いていた。それに、大柄の武士には隙《すき》がなく、腰が据《す》わっていた。身辺には、剣の修行を積んだ者らしい凄みがただよっている。

7

「篠塚か！」

叫びざま、泉十郎は篠塚の前にまわり込んだ。

「そこをどけ！」

篠塚は、泉十郎の脇から駕籠に迫ろうとした。何としても、横堀を仕留めたいらしい。

「ここは、通さぬ」

泉十郎は篠塚の前に立ちふさがり、青眼に構えて切っ先を篠塚にむけた。

「おのれ！」

篠塚も相青眼にとった。

構えに隙がなく、腰が据わっていた。剣尖《けんせん》が、ピタリと泉十郎の目線につけられている。

ふたりの間合は、二間ほどしかなかった。近間《ちかま》で、一足一刀の斬撃の間境から二歩ほどしかない。こうした敵味方入り乱れての闘いは、立ち合いの間合を十分にとることはできないのだ。

すぐに、篠塚が仕掛けた。

青眼に構えたまま腰を沈め、上体をすこし前に倒した。体の重心を、前に出した右足にかけたのだ。

次の瞬間、篠塚の全身に斬撃の気がはしった。

……この遠間《とおま》から、くるのか！

泉十郎が頭のどこかで思ったとき、
タアッ！

鋭い気合を発し、篠塚が斬り込んできた。

一歩踏み込みざま、胸元に突き込むように斬り込んだ切っ先が、青眼に構えていた泉十郎の刀身をたたいた。

次の瞬間、篠塚の体が躍《おど》り、刀身が前に伸びて閃光がはしった。

真っ向へ——。

咄嗟《とっさ》に、泉十郎は身を引いた。

だが、一瞬遅れた。ザクッ、と泉十郎の小袖の胸の辺りが縦に裂けた。篠塚の真っ向への斬撃が、小袖を切り裂いたのである。

さらに、泉十郎は後ろに跳んで間合をとった。

「こ、これは！」

泉十郎は驚愕に目を剝いた。

篠塚は斬撃の間境の外から踏み込み、青眼に構えていた泉十郎の刀を打ち、つづいて二の太刀を頭を狙って真っ向へ斬り下ろしたのだ。一瞬の連続業《わざ》である。踏み込んで刀身をたたく初太刀から連続して真っ向へ斬り込む二の太刀が、まるで一度の斬り込みのように迅《はや》かった。咄嗟に、泉十郎が身を引いたため頭への斬撃は逃れたが、小袖を斬り裂かれたのだ。

……この太刀で、西崎どのは斬られたのだ！

と、泉十郎は察知した。奥江藩の国許で斬られた勘定奉行の西崎は、頭を斬り割られていたと聞いていた。

「すこし浅かったようだな」

篠塚が低い声で言った。

頭巾の間から、双眸が射るように泉十郎を見据えている。

「なんだ、いまの技は」

泉十郎の知らない刀法だった。

「二段霞《にだんがすみ》……」

篠塚がつぶやくような声で言った。

……おそろしい技だ！

と、泉十郎は思った。

遠い間から踏み込んで初太刀で敵の刀を押さえ、二の太刀で真っ向へ斬り込む。それが、一太刀のように迅い。しかも、二歩踏み込んで、切っ先が相手にとどく間合まで入っているのだ。

おそらく、二の太刀が迅く、太刀筋が相手に見えないことから、霞と呼ばれるようになったのだろう。

「次は、うぬの頭を斬り割る！」

篠塚はふたたび青眼に構えた。

泉十郎が、間合をひろくとったまま青眼に構えた。

そのとき、ギャッ！　という絶叫が上がり、槍を手にした武士がよろめいた。

警護の武士に斬られたらしい。もうひとりの槍を手にした武士も、血塗《ちまみ》れになって地面にへたり込んでいた。

これを見た篠塚はすばやく後じさり、泉十郎との間合があくと、

「引け！　引け！」

と叫び、抜き身を手にしたまま反転して桐林のなかに逃げ込んだ。駕籠の横堀を討つことはできないとみたらしい。

駕籠のまわりで警護の者と斬り合っていた三人の武士は、慌てて反転し、桐林のなかに逃げ込んだ。

何人かの警護の武士が、篠塚たちの後を追って桐林のなかに踏み込んだが、しばらくすると追うのを諦《あきら》めてもどってきた。

泉十郎は、駕籠の後ろに立っていた重森たちのそばに走り寄った。そこに、重森の他に、四人の武士が立っていた。いずれも網代笠をかぶっている。

重森と三人の武士は、駕籠の後棒のすぐ後ろに立っている武士を取り囲んでいた。

「横堀どのは、無事か」

泉十郎が訊いた。

すると、重森たちに取り囲まれていた武士が笠をとった。なんと、横堀であ

る。

「このとおりじゃ」

横堀は胸を張って、笑みを浮かべた。

駕籠は空《から》だったのだ。駕籠は槍や弓で狙われるとみて、初めから、横堀は警護の武士のひとりに化けて駕籠の後棒の後ろからついてきたのである。

「篠塚たちは逃げたな」

横堀は、闘いの様子を見ていたようだ。

「四人、逃げました」

泉十郎は、植女とおゆらが跡を尾けているとみたが、そのことは口にしなかった。

「ふたり、討ちとりましたが、まだ生きているはずです」

重森が言った。

「何者か、顔を見てみよう」

横堀とその場にいた警護の者たちが、血塗れになっている武士のそばに近寄った。ひとりは苦しげに呻き声を上げ、もうひとりは無言のまま体を顫《ふる》わせていた。ふたりは、五間ほど離れた場所にへたり込んでいた。

8

横堀たちは呻き声を上げている武士のそばに集まると、

「頭巾をとってみろ」

と、横堀が警護の武士に声をかけた。

すぐに、警護の武士が頭巾をとった。咄嗟に武士は顔を伏せたが、

「馬役の青田《あおた》だ！」

警護のひとりが声を上げた。

馬役は馬の調教が主な任務だが、家中の者に馬術の指導などもする。

「青田源介《げんすけ》、なにゆえ、横堀さまを襲った」

重森が語気をけわしくして訊いた。

「……」

青田は苦痛に顔をしかめたまま口をとじている。

「たしか、青田は国許にいるとき、八雲流の道場に通っていたな」

重森が訊いたが、青田は何も応えなかった。

「同門の篠塚に味方したのか」

「ち、ちがう」

青田が、首を強く横に振った。

「ならば、先手組の梶野か」

「知らぬ……」

青田は戸惑うような顔をした。不安そうに、視線が揺れている。

「どうやら、梶野から話があったようだな」

横堀が青田を見据えて言った。

それから青田は、重森と横堀が何を訊いても答えなくなった。顔が土気色《つちけいろ》をし、体が顫えている。

「もうひとりにも、訊いてみるか」

横堀は、地面に尻餅をつき、体を顫わせている武士の方へ歩み寄った。重森や泉十郎たちもつづいた。

警護の武士のひとりが、

「先手組の木島勝之助《きじまかつのすけ》です」

と、横堀たちに伝えた。

木島の出血は激しかった。肩から胸にかけて斬られ、小袖がどっぷりと血を吸っていた。蒼《あお》ざめた顔で体を顫わせている。

「先手組の者か」

横堀が念を押すように訊いた。

木島は無言のままちいさくうなずいた。

「梶野の配下だな」

「そ、そうだ……」

木島が答えた。梶野の配下であることは、隠しようがないからだろう。

「わしを襲ったのは、梶野の指図か」

「……」

木島がうなずいた。体の顫えが激しくなり、喉から掠《かす》れたような喘鳴《ぜんめい》が聞こえた。

泉十郎は、木島は長くはもたないとみた。木島の出血は激しく、小袖が真っ赤に染まり、血を吸った袖から血が滴《したた》り落ちている。

横堀の脇から重森が、

「逃げた四人のなかに、篠塚と佐々野がいたな」

と、語気を強くして訊いた。

木島がうなずいたとき、グッ、と喉のつまったような呻き声を洩らした。そして、顎を前に突き出すようにした後、がっくりと首が落ちた。

「死んだ」

重森がつぶやいた。


そのころ、植女とおゆらは、桐林へ逃げ込んだ篠塚たち四人の跡を尾けていた。

植女とおゆらは、弓で駕籠を襲おうとしていたふたりを斃《たお》した後、桐林のなかに入り、他に弓や鉄砲などの飛び道具で駕籠を狙う者はいないか探っていたところ、篠塚たちが逃げ込んできたので跡を尾け始めたのである。

篠塚たち四人は桐の枝葉の下をかがみながら進み、溜池沿いの道から遠ざかると、かぶっていた頭巾を取って捨てた。四人はさらに桐林のなかをたどり、大名の中屋敷の脇に出た。そこに細い道があった。四人はその道を東にむかい、大名屋敷や大身《たいしん》の旗本屋敷のつづく大きな通りに出た。その通りの先に、増上寺の杜が見えた。この辺りは、増上寺の裏手にあたっている、篠塚たち四人は、増上寺の北側の寺院のつづく通りを経て東海道へ出た。そして、品川方面に足をむけた。

東海道は、旅人や荷を積んだ駄馬を引く馬子などが行き交っていた。遊び人ふうの男や商家の旦那ふうの男などが目についた。品川宿には女郎屋があり、肌を売る飯盛女《めしもりおんな》が多いことで知られていた。旅人だけでなく、江戸市中から女を買いに男たちが集まるのである。

「篠塚たちは、どこへ行く気かな」

おゆらが、低い小声で言った。物言いまで、男である。

東海道沿いにひろがる神明町《しんめいちょう》に入って間もなく、前を行く四人が左手の路地に入った。

「走るぞ」

植女とおゆらは走った。四人が路地に入ったため、その姿が見えなくなったのだ。

植女とおゆらは、路地の角まで来て足をとめた。前方に、篠塚たち四人の後ろ姿が見えた。路地を足早に歩いていく。

植女とおゆらは、篠塚たち四人の姿が遠ざかってから路地に入った。路地は人影がすくなく、間をとらないと気付かれる恐れがあったのだ。

篠塚たち四人は、しばらく路地をたどった後、板塀をめぐらせた仕舞屋の前で足をとめた。そして戸口の板戸をあけて家に入った。借家ふうの古い家である。

植女とおゆらは通行人を装って家の前まで行くと、戸口に身を寄せてなかの様子をうかがった。家のなかから、男たちの声や障子をあけしめする音などが聞こえた。

植女とおゆらは、すぐに家の前から離れた。路地沿いには、小体な店があった。戸口に身を寄せていると、こそ泥と間違えられる。

その後、植女たちが近所で聞き込みを続けると、篠塚たちが入ったのは借家で、山之内《やまのうち》という奥江藩士の住む町宿であることが知れた。

「今日は、これまでだな」

植女が言った。

「向井の旦那に、知らせようよ」

「そうだな」

植女とおゆらは、来た道を引き返した。

第三章　東海道へ

1

「なに、山之内の住む家に入ったのか！」

重森が声を大きくした。

そこは、奥江藩上屋敷の表門の脇だった。植女、泉十郎、重森、佐山の四人の姿があった。おゆらはいなかった。おゆらは御庭番と知れるのを嫌い、仲間以外の者と接するのを避けたのである。

すでに、暮れ六ツ（午後六時）を過ぎていた。大名小路は淡い夕闇に染まり、人影はなかった。下屋敷からもどった横堀たちは、屋敷内に入っている。

植女は篠塚たちが神明町の町宿に入ったのを確認し、近所で聞き込んだ後、奥江藩上屋敷の表門の近くで泉十郎たちが帰るのを待っていたのだ。

「山之内は、奥江藩の者だな」

植女が念を押すように訊《き》いた。

「山之内百之助《もものすけ》は、わが藩の先手組だ」

「梶野の配下か」

「そうだ」

「四人とも、山之内の町宿に入ったのか」

泉十郎が、植女に念を押した。

「借家に入ったのは、篠塚と佐々野、それに山之内だ。もうひとりの武士は、何者か分からない」

植女は近所で聞き込んだとき、念のためもうひとりの武士のことも訊いてみた。近所の住人は、山之内しか知らなかった。借家には、山之内がひとりで住んでいたからである。

「恐らく、先手組の者だろう。……先手組の者に訊いてみれば、分かるかもしれん」

重森が言った。

「それで、どうする。西崎兄弟に敵を討たせたいが……」

泉十郎が重森に目をやって言った。

「おれも、同じ思いだ。明日にも、西崎兄弟を連れて神明町にむかいたいが、向井どのたちの都合は、どうかな」

「明日、行こう」

泉十郎が言うと、植女もうなずいた。

「明日の四ツ（午前十時）ごろ、芝口橋のたもとで待っている」

「承知した」

泉十郎たちは、それだけ話して重森と別れた。

その日、泉十郎と植女はそれぞれの塒《ねぐら》に帰り、歩きまわって疲れた足を休めて明日にそなえた。

翌朝、泉十郎は朝餉《あさげ》を食べた後、ひとりで東海道を南にむかった。途中、日本橋を過ぎたところで、後ろから来た植女に声をかけられた。ふたりは、芝口橋のたもとで重森たちと顔を合わせることにしてあったので、偶然出会ったことになる。

「昨夜、おゆらが、顔を出したよ」

歩きながら植女が言った。

「それで」

「おゆらも、今日、神明町に行くそうだ」

「すると、いまごろ、おゆらも神明町にむかっているのだな」

「そのはずだ」

「この辺りを歩いているかしれんな」

泉十郎は、街道を行き来する人々に目をやった。だが、おゆららしい姿はなかった。もっとも、変装の巧みなおゆらは、うまく男にも化けるので、近くを歩いていても分からないだろう。

「そのうち、顔を出す」

植女はそう言って足を速めた。

芝口橋のたもとに、七人の武士が集まっていた。紀之助と永次郎、重森、佐山、柴山、南部、久保である。人数を多くしたのは、篠塚たちも四人いるとみていたからだ。重森たち七人は緊張した顔をしていた。なかでも、紀之助と永次郎は顔が紅潮《こうちょう》し、目がつり上がっていた。

「紀之助、永次郎、これだけの助太刀がいるのだ。安心しろ。後《おく》れをとるようなことはない」

泉十郎が、おだやかな声で言った。兄弟の緊張をやわらげてやろうとしたのだ。

「はい」

紀之助と永次郎が、いっしょに応えた。

「いくぞ」

重森が男たちに声をかけた。

東海道を南に向かって歩きながら、泉十郎が、

「ところで、ひとりだけ名の知れぬ者がいるが、分かったのか」

と、重森に訊いた。

四人のうち、篠塚、佐々野、山之内のことは知れていたが、もうひとりが何者か分からなかったのだ。

「高橋裕次郎《たかはしゆうじろう》。やはり先手組の者で、梶野の配下だ」

重森が応えた。

「そうか。ところで、梶野はどうしている」

「屋敷内の長屋に籠《こも》っているようだ」

重森が、いずれ梶野からは大目付の皆川さまが、話を聞くことになる、と言い添えた。そんなやりとりをしながら、泉十郎たちは東海道を南にむかった。やがて、前方右手に増上寺の杜《もり》と堂塔が見えてきた。

増上寺の近くの神明町に入って間もなく、

「その路地を入った先だ」

植女が泉十郎たちに声をかけて先にたった。

植女たちは左手の路地に入り、しばらく路地をたどってから路傍《ろぼう》に足をとめた。

「そこに、板塀をめぐらせた家があるな。あれが、山之内たちのいる借家だ」

植女が指差して言った。

「おれと植女とで、様子を見てくる。重森どのたちは、ここにいてくれ」

そう言い残し、泉十郎は植女とともに借家にむかった。

ふたりは通行人を装って借家に近付き、戸口に身を寄せた。泉十郎は聞き耳をたてたが、何の物音も聞こえない。

「やけに静かだ」

泉十郎が小声で言った。

「妙だな」

植女が首をひねった。

「ひとのいる気配がないぞ」

「あけてみるか」

植女が板戸を引いた。

戸はすぐにあいた。家のなかは薄暗かった。静寂につつまれ、ひとのいる気配がない。

「だれもいないようだぞ」

泉十郎が、ともかく、重森どのたちを呼ぼう、と言って戸口から外に出た。

2

重森たちが家の前に集まると、泉十郎が家にだれもいないことを話した。

「山之内もいないのか」

重森が驚いたような顔をして訊いた。西崎兄弟や佐山たちの顔にも、驚きと戸惑うような表情があった。

「ともかく、なかに入ってみてくれ」

泉十郎が重森たちを家のなかに入れた。

土間の先の板間に、植女が立っていた。

「見てくれ、だれもいないのだ」

植女が顔をけわしくして言った。

「ともかく、家のなかを捜してみろ」

重森が指示した。

すぐに、佐山たちが家のなかに踏み込んだ。家は狭く、板間の先に居間と寝間があり、奥に台所があるだけだった。山之内たちがひそんでいるような場所もない。

「逃げたな」

重森が言った。

「まだ、近くにいるのでは」

紀之助が、うわずった声で言った。

「どこへむかったか、心当たりがあるか」

泉十郎が重森に訊いた。重森に頼んで、昨夜から張り込んでもらえばよかったと思ったが後の祭りである。

「いや、ない。……別の藩士の町宿かもしれんし、ひとまず姿を消すために、品川辺りの旅籠《はたご》にむかったかもしれぬ」

重森が自信のなさそうな顔をした。

「近所で訊いてみるか。山之内や篠塚たちが、家を出たときの身装《みなり》が分かれば、行き先がつかめるのではないかな」

　山之内はともかく、篠塚たちは横堀を討つのを断念して、国許に帰る可能性もある、と泉十郎はみた。

「よし、近所で話を聞いてみよう」

　重森が佐山たちに声をかけた。

　泉十郎と植女は路地に出ると、

「この先に、話の聞けそうな八百屋《やおや》がある」

　植女が言って、先にたった。

　植女によると、昨日山之内のことで聞き込んだときに、八百屋の親爺《おやじ》がいろいろ話してくれたという。

　泉十郎と植女がしばらく路地を歩くと、小体な八百屋があった。店先にだれもいなかったが、近くまで来ると、親爺らしい男の姿が見えた。奥にある狭い座敷の上がり框《がまち》に腰を下ろしていた。一服していたらしい。

　親爺は店に入ってきた植女を見て、

「旦那、どうしやした」

と言って、腰を上げた。植女のことを覚えていたらしい。

「また、山之内どののことで訊きたいことがあってな」

「なんです」

「急用があって来てみたのだが、留守なのだ。……今日、どこかへ出かけたらしいんだが、見掛けなかったか」

出かけたのは昨夜ということもあるが、親爺が見かけたとすれば今日なので、そう訊いたのである。

「今朝方《けさ》、見かけやしたよ」

「見かけたか」

思わず、植女の声が大きくなった。

「それで、ひとりか」

植女が訊いた。

「四人、いっしょでしたよ。山之内さまの他は、みんな初めて見るお侍さまで」

親爺がそう話したとき、

「どんな身装だったかな」

脇から、泉十郎が訊いた。

「ふだん見かける恰好《かっこう》でしたよ。四人とも、羽織袴《はおりはかま》姿で刀を差していやした」

「そうか」

どこか、別の藩士の町宿へでも出かけたのであろうか。

泉十郎が口をとじると、

「ところで、その四人はこの店の前を通ったのだな」

植女が念を押すように訊いた。

「へい」

「この路地を行くと、どこへ出る」

「東海道でさァ」

親爺によると、浜松町近くの東海道に出られるという。

「山之内どのたちのことで、何か覚えていることはないかな」

植女は、山之内の行き先が知りたかったのだ。

「四人で、話しながら歩いてやした」

「話を耳にしたか」

「あっしは、ちょいと店先にいただけで、すぐに店に入っちまったから……。そうだ、ひとりが、品川まで行けば何とかなる、と言ってやしたよ」

親爺が声を大きくして言った。

「品川宿か」

植女が、泉十郎に目をやった。

東海道へ出て南にむかえば、品川宿までそう遠くはない。

「他に、何か耳にしたことはないか」

泉十郎が植女に代わって訊いた。

「聞いてねえなァ。すぐに、店に入っちまったんで……」

親爺は首をすくめて言った。

「手間をとらせたな」

植女が親爺に礼を言い、泉十郎とふたりで店を出た。

それから、泉十郎と植女は、通り沿いの話の聞けそうな店に立ち寄って山之内たち四人のことを訊いたが、あらたなことは分からなかった。

3

泉十郎と植女が借家にもどると、戸口で重森たちが待っていた。

泉十郎は重森たちに近付くと、

「何か知れたか」

と、すぐに訊いた。

「いや、まったく駄目だ。そっちは」

重森がそう言って、泉十郎と植女に目をむけた。

「今朝方、篠塚たち四人は、品川にむかったらしい」

植女に代わって、泉十郎が話した。植女は無口だった。泉十郎やおゆらといっしょのときや聞き込みなどのおりはそうでもないが、他人とあまり話したがらない。それで、泉十郎が話すことが多くなるのだ。

「品川へ」

佐山が驚いたような顔をした。

「まさか、旅へ出たのでは」

紀之助が言うと、

「国許へ帰ったのかもしれない」

と、永次郎が声高《こわだか》に言った。兄弟の顔に、戸惑いと懸念《けねん》の色が浮いた。

兄弟の声で、その場にいた男たちは口をとじたが、

「ともかく、品川宿まで行ってみるか」

重森が言った。

「行ってみよう」

泉十郎も、品川宿で聞き込めば篠塚たちの動向がつかめるかもしれないと思った。

ここから品川宿まで、近かった。まだ八ツ（午後二時）過ぎである。品川宿へ行って、篠塚たちの足取りを探る時間はある。

泉十郎たちは、路地をたどって東海道へ出た。そして、南にむかっていっとき歩くと、前方に新堀川《しんぼりがわ》にかかる金杉橋《かなすぎばし》が見えてきた。

金杉橋のたもと。新堀川の岸際に、女の巡礼が立っていた。

……おゆらだ。

泉十郎は、すぐに分かった。泉十郎が巡礼に顔をむけたとき、巡礼がちいさくうなずいたからである。

おゆらは巡礼に身を変えることが多かった。笠をかぶって顔を隠せるし、背負った笈《おい》に衣装や忍びの道具などを入れて持ち歩くことができるからだ。特に街道を歩いたり、旅に出たりするときは、巡礼に身を変えることが多い。

泉十郎は街道の端に身を寄せ、草鞋《わらじ》をなおすふりをして屈み込んだ。植女もおゆらに気付いたらしく、泉十郎のそばに来て足をとめた。泉十郎を待つふりをしている。

重森たちが離れると、おゆらが足早に近付いてきた。そして、泉十郎と植女が歩き出すと、すぐに後ろについた。

「行き先は、品川ですか」

おゆらが言った。

「よく分かったな」

泉十郎は、前を見ながら小声で言った。通りすがりの者に、不審を抱かせないためである。

「あたしも、山之内の住処の近所で聞き込みましてね。篠塚たち四人が、品川宿にむかったらしいことを知ったんです」

「おれたちは、これから品川宿で篠塚たちの足取りを探るつもりだ。……篠塚たちは、国許の駿河へむかったかもしれん」

泉十郎は、その可能性が高いとみていた。

「あたしも、品川へ行きます」

そう言うと、おゆらは足をゆるめ、泉十郎たちから離れた。

泉十郎と植女は、足を速めて重森たちに追いついた。

泉十郎たちは入間川《いるまがわ》にかかる芝橋《しばばし》を渡り、本芝《ほんしば》一丁目に入った。左手には江戸湊《みなと》の海原《うなばら》がひろがっていた。白い帆を張った大型廻船《かいせん》が、ゆったりと品川沖へむかって航行していく。心地好《ここちよ》い潮風が、泉十郎たちの頰《ほお》を撫《な》ぜていく。

泉十郎たちは、江戸湊の海原に目をやりながら歩いた。やがて、泉十郎たちは高輪《たかなわ》の大木戸を過ぎ、品川宿に入った。

品川宿は賑《にぎ》わっていた。旅人、駄馬を引く馬子《まご》、駕籠《かご》などに混じって、江戸市中から女郎や旅籠の飯盛女《めしもりおんな》などを目当てに足を運ぶ男の姿も目についた。品川宿は、女郎や飯盛女が多いことでも知られた宿場である。

泉十郎たちが足を踏み入れたのは、歩行新宿《かちしんじゆく》と呼ばれる地で、通り沿いには茶店、旅籠、料理屋などが軒を連ねていた。

品川宿は、北から歩行新宿、北本宿、南本宿と分かれていたのである。

「どうする」

歩きながら、重森が泉十郎に訊いた。

「この先の品川橋まで行ってみよう」

品川橋は、目黒川《めぐろがわ》にかかっている。この橋の北側が北本宿で、南側が南本宿である。品川宿のなかでも、品川橋辺りが特に賑やかだった。

泉十郎たちは品川橋のたもとまで行って足をとめ、川の岸際に身を寄せた。街道は大勢のひとや駕籠、駄馬を引く馬子などが行き交っている。

「どうだ、ここで別れて聞き込んでみないか。四人組の武士ということで訊けば、目にした者もいるはずだ」

泉十郎が集まった男たちに言った。

「よし、ふたりずつに別れよう」

重森が、同行した六人をふたりずつに分けた。重森は、西崎兄弟といっしょ行くことになった。

重森は、陽が沈む前にこの場にもどることを話し、西崎兄弟を連れて南本宿に足をむけた。

「植女、どうする」

泉十郎が植女に訊いた。

「まず、橋の近くで訊いてみないか」

「いいだろう」

泉十郎は、街道の端から橋の左右に目をやった。

「そこにいる駕籠かきたちに、訊いてみるか」

泉十郎が橋の先を指差した。

街道沿いの空き地に何挺《ちょう》かの駕籠が置いてあり、その前で四人の駕籠かきがたむろしていた。客を待っているらしい。

4

泉十郎と植女が駕籠かきたちに近寄ると、

「駕籠ですかい」

赤銅色《しゃくどういろ》の顔をした大柄な男が、揉み手をしながら近寄ってきた。

「いや、ちと、訊きたいことがあってな」

泉十郎は懐から巾着を取り出し、何枚かの銭を摘《つま》み出した。この手の男たちは、ただでは話さないのだ。

「ヘッヘヘ……。すまねえ」

大柄な男は、銭を握りしめてニンマリした。

「今日の昼前だが、この宿場に四人の武士が来たのだが、見かけなかったか」

泉十郎が言った。

「旦那、そう訊かれても……。御覧のとおり、街道は二本差しから町人、坊主に巡礼、大名行列まで通るんですぜ」

大柄な男が眉を寄せて言った。

「四人の武士というだけでは、分からないか。……四人とも羽織袴姿でな、旅《たび》装束《しょうぞく》ではないのだ」

「旅人じゃァねえってことですかい」

大柄な男は、「おい、政吉《まさきち》」と小屋の前にいた男に声をかけた。

政吉と呼ばれた男は、すぐに大柄な男のそばに来た。褌《ふんどし》ひとつで、手ぬぐいを首にひっかけている。

「おめえ、四人の二本差しに、声をかけてたな」

「へえ、何か探すようにキョロキョロしてやしてね。駕籠を探しているのか、訊いてみたんでさァ」

政吉が、泉十郎たちに目をやりながら言った。

「その四人は、何を探していたのだ」

泉十郎が訊いた。

植女は黙って、泉十郎と駕籠かきのやり取りを聞いている。

「笠でさァ」

「笠だと」

泉十郎が聞き返した。

「旅に出るには、笠がねえと難儀しやす。それで、笠屋を探してたんじゃァねえかな」

政吉が言った。

「それで、笠屋を教えたのか」

「へい、橋を渡った先にある笠屋を教えてやりやした」

政吉によると、南本宿に入って二町ほど歩くと笠屋があるという。

「手間をとらせたな」

泉十郎が駕籠かきに声をかけ、植女とふたりでその場を離れた。

泉十郎たちは品川橋を渡り、南本宿に入った。南本宿も、大勢のひとが行き交っている。

南本宿に入って二町ほど歩くと、

「そこに笠屋がある」

植女が街道沿いの店を指差して言った。

店先に、菅笠《すげがさ》、網代笠《あじろがさ》、深編笠《ふかあみがさ》などが吊るしてあった。戸口の脇に、「合羽《かっぱ》処《どころ》」の張り紙がしてあった。どうやら合羽も売っているらしい。旅人相手の店のようだ。ふたりの旅人らしい町人が、店先の菅笠を手にして品定めをしていた。

泉十郎と植女が笠屋の店先へ足をむけたとき、店から巡礼姿の女が出てきた。

「おゆらだ」

思わず、泉十郎が声を上げた。

笠屋から出てきたのは、おゆらだった。おゆらは新しい菅笠を手にしていた。

「おゆら」

泉十郎がおゆらに声をかけた。

「あら、旦那たちも、笠を買いに」

おゆらが笑みを浮かべて言った。

「いや、四人の武士が笠屋を探していたと聞いてな。篠塚たちではないかとみて、来てみたのだ」

「あたしも、同じですよ。……ここに、篠塚たちのことを訊きに来たんです。お蔭で、笠を買わされたけど」

　三人は、街道の端に身を寄せた。

「それで、何か知れたか」

と、泉十郎が訊いた。街道は人通りが多く、立ちどまって話をしているわけにはいかなかったのである。

「知れました。篠塚たち四人は、そこの笠屋で旅用の網代笠と合羽を買ったそうですよ」

「篠塚たちにまちがいないのか」

「店のあるじが、四人のなかのひとりが、篠塚という名を口にしたのを覚えてました」

「それなら、まちがいない」

　泉十郎が言った。篠塚たちは、旅に出るために笠と合羽を揃《そろ》えたのであろう。

「篠塚たちは、駿河に帰るつもりかもしれませんよ」

「東海道を南にむかうらしいからな。駿河とみていいだろう」

「それで、篠塚たちが笠屋に寄ったのは、何時《なんどき》ごろか分かるか」

　泉十郎が訊いた。

「八ツ（午後二時）ごろのようですよ」

「八ツごろか。とすると、今夜の宿は、品川ではないな」

篠塚たちは、品川宿で旅の支度《したく》をととのえ、次の宿場である川崎《かわさき》へむかったのではあるまいか。八ツでは、宿をとるのはすこし早いし、次の宿場の川崎宿まで二里半なので、陽が沈むまでには行き着けるだろう。

「それで、旦那たちはどうするんです」

おゆらが、訊いた。

「篠塚たちを追うことになろうが、ともかく重森たちに話してみる」

泉十郎が言うと、それまで黙って聞いていた植女が、

「重森どのたちが行かなかったとしても、おれは行くぞ。篠塚と佐々野を、このままにしておくわけにはいかないからな」

と、静かだが、強いひびきのある声で言った。

「おれもいく」

泉十郎も言った。

ふたりは、御庭番としてかかわった事件の始末をつけたかったのである。

「それなら、あたしは、篠塚たちの後を追って先に行くよ」

おゆらも、御庭番として始末をつけたいようだ。

「次の川崎宿で、待っていてくれ」

そう言い置き、泉十郎と植女は品川橋に足をむけた。

5

品川橋のたもとに、重森たちの姿があった。

泉十郎と植女は、急いで重森たちのそばへ行った。

「どうだ、篠塚たちのことが知れたか」

すぐに、重森が訊いた。

「篠塚たちは、東海道を南にむかったようだ。行き先は、駿河ではないかな」

そう言って、泉十郎はおゆらから聞いたことを話した。おゆらの名は出さず、笠屋で聞いたことにしておいた。

「やはりそうか」

重森によると、篠塚たちらしい四人の武士が茶屋に立ち寄り、店を出た後、街道を南にむかったことを、佐山たちが聞き込んできたという。

「やはり、篠塚たちは駿河にむかったようだ」

泉十郎が言った。

「国許にひそかに帰り、今後どうするか、大江や野田の指図を受けるつもりではないかな」

重森が虚空《こくう》を睨《にら》むように見据えて言った。

「それで、おれたちはどうする」

泉十郎が重森に訊いた。

「なんとしても、篠塚と佐々野は討たねばならぬ」

重森が顔をけわしくして言うと、

「父の敵を討たなければ、家には帰れません」

紀之助が強い口調で言った。

脇に立っていた永次郎も目を剝《む》き、「篠塚たちを追いかけて、討ちます」と言い添えた。

重森は西の空に目をやり、

「そろそろ陽が沈む。このまま篠塚たちを追いかけるにしても、今日は品川宿に草鞋を脱がねばなるまい」

そう言った後、西崎兄弟に、

「いったん、藩邸にもどり、内藤さまに話した上で明日早く出立《しゅったつ》しよう。急げば、街道で追いつけるはずだ」

と、静かな声で言い添えた。

今夜、品川宿に泊まるなら、明日藩邸から出立してもさして変わらないとみたのだろう。それに、どこで篠塚たちを討てるか分からないので、相応の旅支度が必要である。

「それがいいな」

泉十郎が言い添えた。

「はい！」

紀之助と永次郎が、同時に応えた。

「向井どのは、どうする」

重森が訊いた。

「おれと植女は、品川宿に草鞋を脱ぐ。小柳町まで帰って出直す気にはなれんからな」

泉十郎が言うと、植女もうなずいた。

「では、おれたちは、いったん藩邸にもどるぞ」

そう言い残し、重森たちは東海道を北にむかった。

泉十郎と植女は宿場を歩き、旅に必要な笠、草鞋、合羽などを買い揃えてから北本宿の黒川屋《くろかわや》という旅籠に草鞋を脱いだ。木賃宿《きちんやど》ではないが、古いちいさな旅籠だった。宿賃が安そうだったので、その旅籠にしたのである。

その夜、泉十郎と植女は風呂に入り、夕飯を食べるとすぐに寝た。明日からの旅に、そなえたのである。

翌朝、泉十郎たちは旅籠で朝飯を食べ、一休みしてから旅籠を出た。重森たちを待つために、出立を遅くしたのだ。

六ツ半（午前七時）を過ぎていた。東の空には、陽が昇っている。旅人の多くは朝暗いうちに出立するので、宿場にいる旅人はすくなかった。

泉十郎と植女が品川橋のたもとで待っていると、小半刻《こはんとき》（三十分）ほどして、重森たちが姿を見せた。五人だった。重森、西崎兄弟、それに佐山と柴山である。

泉十郎は、五人いれば十分だと思った。相手は、篠塚、佐々野、高橋、山之内の四人である。篠塚と佐々野は腕がたつが、山之内と高橋はそれほどでもないようだ。味方は、重森たち奥江藩士五人に、泉十郎と植女がくわわっている。場合によっては、おゆらも手裏剣を打って助太刀してくれるはずだ。戦力は篠塚たちより上である。

「まいろうか」

泉十郎たちは、足早に歩いて南本宿を出た。

品川宿から川崎宿まで、およそ二里半。出立が遅かったので、川崎宿に着くのは昼を過ぎてしまうかもしれない。

品川宿を出ると、街道は海岸沿いから離れて田畑や雑木林《ぞうきばやし》などがつづくようになった。

「おゆらは、川崎宿で待っているかな」

泉十郎が歩きながら植女に話しかけた。

「そのはずだが……」

植女はそれだけ言って、口をつぐんでしまった。

街道沿いの人家がとぎれ、街道沿いに雑木林や笹藪《ささやぶ》などが目立つようになった。

鈴ケ森《すずがもり》の刑場は、この辺りである。

泉十郎たちは鈴ケ森の刑場を過ぎてしばらく歩き、六郷川《ろくごうがわ》（多摩川《たまがわ》）に出た。

六郷川は舟渡しである。

舟渡しに時間をとったせいもあって、泉十郎たちが川崎宿に入ったのは、昼をだいぶ過ぎてからだった。

川崎宿に入ると、泉十郎たちはそば屋をみつけて入った。泉十郎たちは弁当を持参してこなかったので、そばで腹を満たすことにしたのだ。

泉十郎たちは、そばと酒を頼んだ。喉《のど》が渇《かわ》いていたので、喉を潤《うるお》す程度に酒を飲むつもりだった。

先にとどいた酒を飲みながら、

「篠塚たちは、どの辺りかな」

重森が泉十郎に訊いた。

「今朝、この川崎宿を出たとすれば、次の宿場の神奈川《かながわ》かその先の保土ケ谷《ほどや》だな」

泉十郎は、おゆらに訊けば篠塚たちの居所も分かるかもしれないと思ったが、そのことは口にしなかった。

「箱根《はこね》の山へ入る前に、追いつきたい」

重森はそう言って、猪口《ちょこ》の酒を一気に飲み干した。

そばがとどくと、泉十郎たちはすぐに箸《はし》を手にした。急いでそばを食べ終えて店を出ると、次の宿場の神奈川宿にむかった。

陽は西の空にまわっていた。八ツ（午後二時）を過ぎているのではあるまいか。今夜の宿は神奈川の先の保土ケ谷にしたかったが、かなり急がないと無理である。

6

川崎宿を出てしばらく歩くと、街道はまた海岸沿いに出た。左手には、青い海原がひろがっていた。風があるせいか、海面に無数の白い波頭がたっていた。その波間で、猪牙舟《ちょきぶね》が見え隠れしていた。木の葉のようである。遠方には、白い帆を張った大型廻船《かいせん》が、ゆったりと航行していた。

泉十郎が潮風を受けながら足早に歩いていると、植女が身を寄せ、

「その松の陰に、巡礼が」

と小声で言った。

見ると、街道沿いに植えられた松の樹陰に、巡礼の姿があった。おゆらであ

る。おゆらは、樹陰のあった岩に腰を下ろしていた。一休みしているように見える。

おゆらは泉十郎たちの姿を目にすると、立ち上がって近付いてきた。

「待ってたんですよ」

おゆらが小声で言った。

「おれたちに知らせることがあるようだな」

泉十郎は、歩調をすこし緩めた。

植女も泉十郎と並んで歩き、重森たちからすこし間をとった。

「おゆら、何があった」

泉十郎が歩きながら訊いた。

「それが、妙なことになってるんですよ」

おゆらが、小声で言った。

「妙なこととは」

「篠塚、佐々野、山之内の三人しかいないんです」

「どういうことだ」

高橋裕次郎が、いなくなったらしい。

「神奈川宿に入ったときは、四人いたんですけどね。宿場を出るときは、三人になってたんですよ」

おゆらによると、篠塚たち四人の跡を尾《つ》け、神奈川宿の煮売り酒屋に入ったのを見た後、宿場を出るところで、篠塚たちが姿を見せるのを待っていたという。ところが、三人しか出てこなかったのだ。

「すぐに煮売り屋までもどって、店の者に訊いてみました。店の者の話では、四人いっしょに店を出たそうです」

おゆらが、決まり悪そうな顔をした。尾けていた高橋の行方が、分からなくなったからだろう。

「煮売り屋を出た後、すぐに高橋だけ別れたということだな」

「そうです」

「どこへ行ったのか」

泉十郎にも、高橋の行き先は分からなかった。

「高橋だけ、江戸にもどったのかな」

植女が独り言のようにつぶやいた。

「そんなはずはない。いまさら、高橋だけ江戸にもどれると思うか。横堀どのを襲っているのだ。切腹はまぬがれられないぞ」

泉十郎は、高橋にしろ山之内にしろ、そのまま江戸へ帰ることはないとみた。

「そうだな」

植女がうなずいた。

「あたしは、高橋が宿場か街道筋のどこかに身を隠しているとみてるんです。江戸から追っ手がこないか見届けるためにね」

おゆらが言った。

「そうかもしれん」

「おれたちが後を追っていることを知ったら、篠塚たちは、どう出るかな」

植女が訊いた。

「旅を急いで、おれたちから逃げようとするか。それとも、どこかで待ち伏せしておれたちを襲うか。襲うときは、おれたちに勝てるような手を打つだろうな」

「どんな手だ」

「助っ人を頼むか。山間《やまあい》の場所で上から岩でも転がすか。弓や鉄砲などの飛び道具を遣《つか》って襲うかもしれん。いずれにしろ、おれたち七人に勝てる手を考えるはずだ」

泉十郎は、厄介《やっかい》なことになったと思った。篠塚たちを追うだけでなく、襲撃にも備えねばならないのだ。

「おゆら」

泉十郎が声をかけた。

「なんです」

「いま、篠塚たちはどの辺りにいる」

「保土ケ谷にむかってるところですよ」

「篠塚たちを追ってな。今夜の宿がどこか、知らせてくれ。おれたちの今夜の宿は、保土ケ谷になる。宿の軒先か座敷の手摺《てすり》にでも、手ぬぐいをぶら下げておく」

泉十郎たちは旅に出たおり、居所を知らせるために、手ぬぐいや笠を目印に使うことが多かった。

「分かりました」

そう言い残し、おゆらは足早に泉十郎たちから離れていった。

神奈川宿を出ると、街道は海岸から離れて坂道になった。丘陵《きゅうりょう》に入り、街道沿いに雑木林や松林などがつづいていた。

泉十郎たちは丘陵や山間につづく街道を進み、暮れ六ツ（午後六時）を過ぎてから保土ヶ谷宿に着いた。

泉十郎たちは、保土ヶ谷宿に入ってすぐ繁田屋《しげたや》という旅籠に草鞋を脱いだ。案内された二階の部屋は、相部屋ではなかった。もっとも泉十郎たちは武士だし、七人もで泊まるのだから、よほど混んでいなければ、相部屋ということはないだろう。

泉十郎は風呂に入った後、座敷の窓の手摺に手ぬぐいをかけておいた。おゆらに、泊まっていることを知らせたのである。

その夜、泉十郎たちは、夕食のおりに酒を頼んだ。旅の疲れをとるためである。夕食時に、篠塚たちがどこまで行ったか話題になったが、泉十郎も植女もおゆらから聞いたことを口にしなかった。おゆらにその後のことを聞いてから、重森たちに話そうと思ったのである。

その夜、重森たちが眠った後、泉十郎たちのいる部屋の近くで、ホウ、ホウ、と梟《ふくろう》の鳴く声が聞こえた。繁田屋の近くの街道らしい。

……おゆらだ。

泉十郎は、おゆらが梟の声を真似《まね》ていると分かった。

すぐに、泉十郎が身を起こし、「すこし夜風にあたって、酔いを醒《さ》ましてくるか」とつぶやいて立ち上がった。

すると、脇で横になっていた植女が、「おれは、厠《かわや》にいく」と小声で言って身を起こした。ふたりとも、重森たちが気付いても不審を抱かないように気を使ったのである。

泉十郎と植女が繁田屋から街道に出ると、おゆらが近寄ってきた。おゆらは、闇に紛れる柿色の腰切半纏《こしきりばんてん》に同色の股引《ももひき》姿だった。茶の手ぬぐいで、頬っかむりしている。巡礼の衣装は布地が白なので、夜は目立ってしまう。それで、おゆらは闇に溶ける色の衣装を身に着けたのだ。それに、どこから見ても男である。

「歩きながら、話すか」

泉十郎が先にたって歩いた。まだ、旅籠には起きている者がいて、街道に目をやっているかもしれない。それに、高橋がどこにいるか分からないのだ。

街道をすこし歩き、繁田屋から離れたところまで来ると、

「おゆら、篠塚たちはどこにいる」

泉十郎が訊いた。

「戸塚《とつか》にいます」

おゆらによると、篠塚たちは戸塚宿の黒田屋《くろだや》という旅籠に、草鞋を脱いだという。

「篠塚、佐々野、山之内の三人か」

「そうです。まだ、高橋は姿を見せません」

おゆらがくぐもった声で言った。おゆらの目が夜陰のなかに、夜禽《やきん》を思わせるようにひかっていた。忍者らしい目である。おゆらは、いま御庭番になりきっていた。

「高橋は、おれたちの動きを探っているようだな」

泉十郎が声をひそめて言った。

「気になることがあるんです」

おゆらが、泉十郎と植女に目をむけた。

「気になるとは」

「戸塚宿に入った篠塚たちが、何人もの駕籠かきやならず者に声をかけていたのです」

おゆらが足をとめて、泉十郎に目をやった。

「どういうことだ」

泉十郎と植女も足をとめた。

「旦那たちを襲うために、金で雇ったのでは」

おゆらの顔がけわしくなった。

「そうかもしれん」

泉十郎は、駕籠かきやならず者でも侮《あなど》れないと思った。斬り合いをせずに坂道や山の斜面の上から石を投げたり、岩を転がしたりする手がある。

植女とおゆらの顔もきびしかった。

泉十郎とおゆらのやり取りを聞いていた植女が、

「おれも先を歩いて、篠塚たちの動きを探ろう」

と、低い声で言った。

「あたしと、いっしょにかい」

おゆらが、植女に目をむけて訊いた。

「そうだ。きゃつらの動きをつかんだら、おれが向井どのに知らせる」

おゆらがひとりで先を歩き、泉十郎たちに知らせにもどると、篠塚たちから目が離れる、と植女は思ったらしい。

「頼む」

泉十郎が言った。

「植女の旦那、よろしくね」

おゆらが、上目遣いに植女を見ながら言った。

7

翌朝、泉十郎たちは、繁田屋に頼んでおいた弁当を手にして街道へ出た。外はまだ暗かったが、宿場のあちこちから人声や馬の嘶《いなな》きなどが聞こえてきた。淡い夜陰のなかに、旅籠を出た旅人たちの姿もちらほら見えた。

旅人たちの出立は早い。まだ暗いうちから旅籠を出る旅人も多いのだ。

「おれは先に行くぞ」

植女が泉十郎や重森たちに声をかけて先に歩きだした。すでに、今朝起きたときに、植女は重森たちに斥候《せっこう》として先に行くことを知らせてあったのだ。

植女も健脚だった。御庭番として、泉十郎やおゆらと旅することが多かったからである。

保土ヶ谷宿を出るころには、植女の姿は見えなくなっていた。

泉十郎たちが保土ケ谷宿を出てしばらく歩くと、陽が昇り、街道沿いの松や杉の木々の間から朝陽が射し込むようになった。林間の深緑のなかを渡ってきた風はひんやりしていたが、爽《さわ》やかだった。あちこちから、野鳥の囀《さえず》りも聞こえてくる。

だが、泉十郎は朝の爽快な気分に浸《ひた》っている余裕はなかった。街道沿いの物陰や次の戸塚宿にむかう旅人に目をやったりしながら歩いた。行方の知れない高橋を、捜しながら歩いたのである。

やがて、街道は坂道にさしかかった。そこは、権太坂《ごんたざか》と呼ばれている。泉十郎は、坂道を上りながら、前方や道沿いの林間にも目をくばった。篠塚たちが身をひそめていて、何か仕掛けてくるかもしれない。

だが、何事もなく権太坂を過ぎて、街道はまたなだらかになった。

「篠塚たちが、襲ってくる気配はないな」

重森が泉十郎に声をかけた。重森も、篠塚たちの襲撃を予想し、街道沿いに目をやりながら歩いていたらしい。

「戸塚を過ぎてからだろうな」

泉十郎は、篠塚たちが襲ってくるとすれば、権太坂辺りではないかとみていたのだ。それに、植女から何の知らせもないので、篠塚たちの襲撃は戸塚宿の先と予想したのである。

「ともかく、戸塚まで急ごう。篠塚たちに追いつかねば、討つことはできんから」

そう言って、重森が足を速めた。


そのころ、植女は戸塚宿のすぐ近くまで来ていた。植女は街道の左右に目をやりながら歩いた。おゆらの姿を探したのである。

街道の先に戸塚宿の家並が見えてきたとき、植女は松並木の樹陰で木の切り株に腰を下ろしている巡礼の姿を目にした。おゆらである。

おゆらはすぐに腰を上げ、植女に近付いてきた。

「植女の旦那、待ってましたよ」

また、おゆらは蓮葉《はすっぱ》な物言いをした。もっとも巡礼に化けているのだから、武家言葉は遣えないだろう。

「どうだ、篠塚たちの動きは」

植女が訊いた。

「今朝、四人で黒田屋を出ました」

おゆらが、植女のすぐ後ろについてきながら言った。

「四人だと」

めずらしく、植女の声が大きくなった。

「高橋もいっしょでした。昨夜のうちに黒田屋に入ったようですよ」

「それで、篠塚たちは」

植女はすこし足を速め、戸塚宿へむかった。おゆらは遅れずに、ついてくる。

「戸塚宿を出て、藤沢《ふじさわ》にむかいましたよ」

「そうか」

「四、五人の男がいっしょでした」

おゆらが、男たちはならず者や駕籠かきだったことを言い添えた。

「戸塚宿の先で襲う気だな」

植女の顔がけわしくなった。

「そうみていいでしょうね」

「急ごう。篠塚たちの襲撃場所をつきとめたい」

植女とおゆらは、足早に戸塚宿を通り過ぎた。そして、宿場を出ると、さらに足を速めた。植女とおゆらは、街道を歩く旅人や駄馬を引く馬子などを追い越していった。

街道沿いの松並木の葉叢《はむら》の間から屹立《きつりつ》する富士山《ふじさん》が見えたが、植女たちには富士の霊峰《れいほう》を愛《め》でている余裕はなかった。

戸塚宿を出てしばらく歩くと、山間の道になった。民家がとぎれ、街道沿いには松並木がつづいている。

街道が坂になって蛇行《だこう》しているところまで来たとき、前を歩いていた植女が松の樹陰にまわり、

「あそこを見ろ」

と、前方を指差して言った。

「岩陰に、だれかいる」

街道の右手、山の斜面になっている雑木林のなかの岩陰に人影があった。ひとりではない。何人もいる。いずれも武士ではないらしい。半纏と素足に草鞋がけの足が見えた。

「あそこの木の陰にも」

おゆらが指差した。太い杉の幹の陰にも、人影があった。やはり武士ではない

ようだ。

「ここで、向井どのたちを襲う気だよ」

おゆらが言った。

「そうらしいな。……篠塚たちの姿が見えないが」

植女はさらに街道の左右に目をやった。

「あそこだ」

おゆらが、街道の左手を指差した。

笹藪《ささやぶ》の陰に人影があった。姿ははっきり見えなかったが、大小を帯びているのが分かった。

「篠塚たちだな」

植女が言った。

左手は、なだらかな傾斜地だった。篠塚たちは、そこから一気に飛び出して襲う気なのかもしれない。

「植女の旦那、どうする」

「おれが、向井どのたちに知らせる。おゆらは、ここできゃつらの動きを見張っていてくれ」

「承知」

おゆらが、うなずいた。

8

泉十郎たちは、戸塚宿を通り過ぎて山間の道に入った。

「植女ではないか」

泉十郎は、前方から足早にやってくる武士の姿に目をとめた。植女である。

泉十郎は、何かあったらしいと思い、足を速めた。重森たちも植女に気付いて小走りになった。

泉十郎は植女に近付くと、

「どうした、植女」

と、すぐに訊いた。重森たちも、植女のそばに集まった。

「この先で、篠塚たちが待ち伏せしている」

植女が言った。

「篠塚たち四人だけか」

「いや、別に何人かいる。おそらく、宿場のならず者や駕籠かきに金を渡して連れてきたのだ」

植女が、男たちは坂の上から大石を転がしたり、礫《つぶて》を投げるのではないかと話した。

「どうする」

重森が訊いた。そばにいる西崎兄弟や佐山たちも、けわしい顔で泉十郎に目をやっている。

「きゃつらの居所を、つかんでいるのだ。おれたちに、利がある」

泉十郎が言うと、重森がうなずいた。

植女が先にたち、泉十郎たちがつづいた。山間に入り、坂になって蛇行しているところまで来ると、前方から歩いてくる巡礼姿のおゆらが見えた。

おゆらは菅笠をかぶり、街道の端を歩いてくる。そして、植女と擦れ違うとき、かぶっていた菅笠をすこしだけ上げ、唇だけ動かして、「変わりないよ」と知らせた。

植女がうなずいた。おゆらは、何事もなかったように坂道を下っていく。重森たちは、おゆらと植女のやり取りに気付かなかったようだ。

植女が街道沿いの樹陰に身を隠すと、泉十郎や重森たちも樹陰や笹藪の陰などに身を寄せた。

植女は街道の右手の山の斜面に目をやり、

「あそこの岩陰だ」

と言って、斜面にある大きな岩を指差した。

岩陰に人影があった。はっきりしないが、二、三人いるらしい。

「それに、杉の陰にも」

植女が岩からすこし離れたところに立っている太い杉を指差した。幹の陰に、人影があった。やはり武士ではないようだ。

さらに、植女は街道の左手を指差し、

「篠塚たちは、笹藪のなかにいる」

と、小声で言った。

街道の左手はなだらかな斜面になっていた。そこに群生している笹藪のなかに、人影が見えた。顔は見えないが、二刀を帯びているのが分かった。ひとりではなく、何人かいるようだ。

泉十郎が、重森に身を寄せて言った。

「きゃつらは、おれたちに気付いていない。おれたちが、やつらを奇襲するのだ」

「よし、二手に分かれよう」

重森が顔をひきしめた。

泉十郎たちは、二手に分かれた。泉十郎、重森、植女、それに西崎兄弟が、街道の左手に踏み込んで篠塚たちを討ち、佐山と柴山が、右手に身をひそめている男たちを襲うのである。

泉十郎たちの目的は、篠塚たち四人を討つことにあった。右手に身をひそめている男たちは追い散らせばいいので、佐山と柴山のふたりで十分である。

「いくぞ」

重森が声をかけ、男たちは左右に分かれて山の斜面に踏み込んだ。

泉十郎たちは、物音をたてないようにそろそろと雑木林のなかを進んだ。なだらかな斜面で、雑木林のとぎれた場所に笹が群生していた。篠塚たちは身を隠すために笹藪のなかにいるようだ。

泉十郎たちは、笹藪に近付いた。まだ篠塚たちは、泉十郎たちに気付いていない。

そのときだった。ふいに、泉十郎たちの近くの雑木のなかで、ガサガサと音がし、小動物が走り去った。野兎《のうさぎ》らしい。

その音で、笹藪に身をひそめていた篠塚たちが立ち上がった。ふたり——。篠塚と佐々野だった。

「敵だ！」

篠塚が叫んだ。

すると、すこし離れた笹藪のなかからふたりの武士が、立ち上がった。山之内と高橋である。高橋も、篠塚たちにくわわったようだ。

「討て！　篠塚たちを討て」

叫びざま、重森が抜刀した。

「父の敵！」

紀之助が叫び、永次郎とともに刀を抜いて走った。

泉十郎と植女はなだらかな斜面を駆け上ると、泉十郎は抜刀し、植女は居合の抜刀体勢をとった。

篠塚たち四人も刀を抜いて身構え、

「斬れ！　ひとり残らず斬れ」

と、篠塚が大声で叫んだ。相手が五人で、ひとり多いだけなので太刀打ちできると踏んだらしい。

そのとき、街道の反対側から、ギャッ、という絶叫がひびき、「逃げろ！」という男の叫び声が聞こえた。佐山と柴山が、身をひそめていた男たちに襲いかかったようだ。

篠塚たちに動揺がはしった。反対側に埋伏《まいふく》させておいた男たちにも、追っ手が襲いかかったのを知ったようだ。

泉十郎と植女が、篠塚たちに迫った。こうした闘いに慣れている泉十郎たちは、動きも速かった。

植女が山之内に迫り、イヤアッ！　と、裂帛《れっぱく》の気合を発して抜き付けた。

迅《はや》い！

シャッ、という閃光《せんこう》がはしり、植女の切っ先が逃げようとして反転した山之内の肩先をとらえた。

山之内の小袖が肩から背にかけて裂け、赤くひらいた傷口から血が噴いた。激しい出血である。山之内は、血を撒《ま》きながら斜面を這《は》うようにして逃げた。

植女につづいて、泉十郎が仕掛けた。手前にいた佐々野に急迫し、タアッ！と鋭い気合を発して、袈裟《けさ》に斬り込んだ。一瞬の太刀捌《たちさば》きである。

泉十郎は心形刀流の遣い手の上に、こうした山間や荒れ地などの闘いには強かった。御庭番として諸国をまわり、多くの修羅場《しゅらば》をくぐってきたからである。

咄嗟《とっさ》に佐々野が身を引いたが、間に合わなかった。

ザクリ、と佐々野の小袖が、肩から胸にかけて斜めに裂けた。あらわになった胸に血の線が浮いたが、それほどの出血ではなかった。一瞬、佐々野が身を引いたために、浅手ですんだらしい。

佐々野は後ろに逃げた。そして反転すると、笹藪のなかに飛び込むような勢いで走り込んだ。

これを見た篠塚が後じさりながら、

「引け！　引け！」

と叫んで、反転した。

このとき、紀之助、永次郎、重森の三人が、篠塚に切っ先をむけていた。

「父の敵！」

叫びざま、紀之助が篠塚の背後から斬りつけた。

その切っ先は、篠塚の背をかすめて空を切った。なおも紀之助たちは、篠塚の後を追った。

篠塚は笹藪のなかに飛び込んだ。刀と手で笹を払いながら、必死で笹藪のなかを逃げていく。

「逃げるか！　待て！」

紀之助、永次郎、重森の三人が、篠塚の後を追った。

だが、篠塚に追いつけなかった。しばらくすると、紀之助たち三人は追うのをあきらめてもどってきた。

闘いは終わった。その場に残った敵は、山之内だけである。山之内は、山の斜面の積もった落葉の上に力尽きて横たわっていた。全身血塗れだったが、山之内は生きていた。苦しげな呻《うめ》き声を上げている。

泉十郎が、倒れている山之内の背に手を差し入れて身を起こし、

「篠塚たちは、国許にむかったのだな」

と、念を押すように訊いた。

山之内はちいさくうなずいただけで、何も答えなかった。目が虚《うつ》ろだった。顔が土気色《つちけいろ》をし、体を顫《ふる》わせている。

「篠塚たちは、西崎兄弟を斬る気なのだな」

泉十郎が語気を強くして訊いた。

そのとき、山之内の首ががっくりと落ちた。

「死んだ」

泉十郎が、ぐったりした山之内の体を抱えたまま言った。

第四章　箱根《はこね》の死闘

1

泉十郎たちは藤沢宿の旅籠《はたご》、大松屋《だいまつや》の二階の部屋にいた。泉十郎たちは戸塚宿を出た後、街道が山間《やまあい》に入ったとき、待ち伏せていた篠塚たちと闘って山之内を斃《たお》した。その後、藤沢宿の大松屋に草鞋《わらじ》を脱いだのである。

夕めしのとき、泉十郎たちは酒を飲んだ。篠塚たちとの闘いの後の体の疲労を癒《いや》すためでもあった。

いっとき酒を酌《く》み交《か》わした後、

「これで、篠塚たちは手を引くかな」

重森が泉十郎に酒を注《つ》ぎながら言った。

「どうかな」

泉十郎は、何とも言えなかった。

篠塚たちは、山之内を失った。残るは、篠塚、佐々野、高橋の三人だけである。篠塚は劣勢とみて、国許まで逃げもどるかもしれない。だが、篠塚と佐々野には、重森や西崎兄弟を国許に入れたくない思いが強いだろう。藩主の直高が、西崎兄弟の敵討ちを認可している以上、国許でも西崎兄弟に父の敵として追われるはずである。そうしたことにならないためにも、篠塚たちは国許に帰る前に、西崎兄弟や重森たちを討とうとするのであるまいか。

そのとき、泉十郎と重森のやり取りを聞いていた紀之助が、

「郷里に入る前に、何としても篠塚を討ちたいのです」

と、身を乗り出すようにして言うと、

「篠塚を討って、郷里に帰りたい」

永次郎も訴えるように言い添えた。

つづいて口をひらく者がなく、いっとき座敷が重苦しい沈黙につつまれたが、

「篠塚たちを追って、何とか国許に入る前に討とう」

そう言って、重森が男たちに目をやった。

「いいだろう」

泉十郎が言うと、植女や佐山たちもうなずいた。

ただ、泉十郎は、篠塚を討っても、奥江藩の此度《こたび》の騒動は決着するわけではないと思った。まだ国許には、篠塚や佐々野に西崎仙右衛門と横堀政兵衛の暗殺を指示した普請奉行の大江重蔵と先手組物頭の野田源之助が残っている。ふたりの

陰謀を暴《あば》かなければ、始末はつかない。

「篠塚たちは、藤沢にいるかな」

重森が言った。

「おそらく、次の宿場の平塚《ひらつか》だな」

篠塚たちは、藤沢宿だと重森たちと鉢合わせする恐れがあるとみて、次の平塚宿まで足を延ばしたのではないか、と泉十郎は思った。

「明日は早く宿を出て、篠塚たちに追いつかなければな」

重森が男たちに目をやって言った。

藤沢宿から平塚宿まで、三里半あった。かなりの距離である。

重森たち奥江藩士は参勤で東海道を行き来しているので、宿場のこともよく知っていたのだ。

翌朝、泉十郎たちは宿の者に頼んでおいた弁当を持ち、朝暗いうちに旅籠を出た。まだ宿場は夜陰にとざされていた。頭上には、星がまたたいている。それでも、宿場のあちこちから話し声や馬の嘶《いなな》きなどが聞こえてきた。すでに宿場は動き出しているようだ。

「おれは、先に行くぞ」

植女はそう言い残し、足早に泉十郎たちから離れた。どこかでおゆらと顔を合わせ、ふたりで篠塚たちの動向を探るつもりなのだ。

泉十郎たちも、平塚にむかって出立《しゅったつ》した。夜陰につつまれた街道をしばらく歩くと、東の空が曙色《あけぼのいろ》に染まってきた。街道は松並木がつづき、木々の間から遠方にある相模湾《さがみわん》の海原《うなばら》が識別できるようになってきた。風のなかに、かすかな潮の香がある。

泉十郎たちは茅ヶ崎《ちさき》を過ぎ、相模川へ出た。この川は舟渡しである。相模川を過ぎると、平塚宿まですぐだった。泉十郎たちは平塚宿に入ると、茶店に腰を下ろして茶を頼んだ。そこで、旅籠から持参した弁当を使った。

泉十郎たちが茶店を出て宿場を歩いていると、植女が別の茶店から出てきて声をかけた。どうやら植女は、その茶店で泉十郎たちが来るのを待っていたようだ。

植女は泉十郎と肩を並べて歩きながら、

「この宿場で、おゆらと会ったよ」

と、小声で言った。

「篠塚たちのことで、何か知れたか」

泉十郎が訊いた。

「やはり、篠塚たちは平塚に草鞋を脱いだようだ」

「篠塚たちは、次の小田原《おだわら》へむかったのだな」

泉十郎が念を押すように訊いた。

「そのようだ」

「おゆらは」

「篠塚たちの跡を追っている。いまごろは、小田原にむかって歩いているころだな」

平塚から次の宿場の大磯《おおいそ》まで、わずか二十七丁しかなかった。篠塚たちは、大磯宿では休まず、そのまま次の宿場の小田原にむかった、と植女はみたようだ。

「篠塚たちは、今夜の宿を小田原にとるかな」

植女が自問するような口振りで言った。

大磯宿から小田原宿まで、四里だった。かなりの距離だが、男の足なら昼過ぎには着くだろう。

「小田原だな。次の箱根にむかうのは、無理だろう」

泉十郎が言った。

小田原宿から箱根宿まで、四里と八丁ほどあった。歩きやすい平坦な道なら行けないこともないが、箱根宿への道は、けわしい山道である。暗くなってから箱根の山道を歩くのは、危険である。

「おれたちの今夜の宿は」

植女が訊いた。

「小田原だな」

「すると、今夜は篠塚たちと同じ小田原宿に草鞋を脱ぐことになるな」

植女は、おゆらに伝えておこう、と言い残し、足早に泉十郎から離れた。

2

泉十郎たちは、陽が沈むころ小田原宿に着いた。小田原は、泉十郎たちが江戸を出て以来、初めての城下町だった。小田原藩は、大久保家が支配する十一万三千二十九石の大藩である。

宿場は賑わっていた。多くの旅人が行き交い、街道沿いには、旅籠や茶店などの他に小田原名物の外郎《ういろう》を売る店などもあった。

泉十郎と植女は、街道の左右に目をやりながら歩いた。篠塚たちとおゆらが、宿場の何処《どこ》かにいるとみていたからである。

「いないな」

泉十郎が言った。おゆらも篠塚たちの姿も見当たらなかった。

「おゆらは、連絡をとってくるはずだ」

そう言いながらも、植女は宿場に目をやりながら歩いた。

泉十郎たちの前を歩いていた重森が、

「今夜の宿は、滝野屋《たきのや》にするつもりだ」

と、泉十郎たちに声をかけた。滝野屋は、奥江藩の参勤のおりに利用する旅籠で、奥江藩士には何かと便宜《べんぎ》をはかってくれるという。

滝野屋は、本陣の近くにある大きな旅籠だった。泉十郎たちは、すすぎを使ってから女中に案内されて二階の座敷に入った。

泉十郎は座敷に腰を落ち着けることもなく、

「おれと植女で、宿場の様子を探ってくる」

そう言って、植女とふたりで座敷を出ようとした。

「夕めしはどうする」

重森が訊いた。

「夕めしまでには、もどるつもりだ。遅くなったら、先に食べててくれ」

泉十郎たちは、おゆらと会って篠塚たちのことを聞きたかったのだ。

泉十郎と植女は滝野屋から出ると、小田原宿を箱根方面にむかって歩いた。滝野屋に来るまでおゆらがいなかったことからみて、いるとすれば滝野屋よりも箱根寄りのはずである。

滝野屋から二町ほど歩いたとき、泉十郎は背後から近寄ってくるひとの気配を感じて振り返った。巡礼姿のおゆらだった。

おゆらは足早に近付き、

「歩きながら、話します」

と、小声で言った。

まだ宿場には旅人が行き交っていたので、おゆらは武家と女巡礼が立ち止まって話していては、人目を引くと思ったようだ。

「篠塚たちは、小田原に宿をとったのか」

泉十郎が気になっていたことを訊いた。

「とりました。……安田屋《やすだや》という旅籠ですよ」

おゆらによると、安田屋は箱根にむかうおりの宿場の出口近くにあるという。

「宿をとったのは、三人か」

「篠塚、佐々野、高橋の三人です」

「仲間をくわえた様子はないな」

「ありませんが、気になることが……」

おゆらが、泉十郎と植女に身を寄せて言った。

「気になるとは？」

「篠塚たちは、八ツ（午後二時）前に小田原宿に入ったのですが、そのまま宿場を出て、三人で近くの村をまわったようです」

おゆらは、三人が小田原宿を出るとすぐに分かれたので、篠塚の後を尾けた。ところが、篠塚が山裾の見晴らしのいい細道に入ったために尾行がつづけられず、やむなく宿場の入り口で篠塚たちがもどるのを待ったという。

「それでどうした」

泉十郎は、篠塚たちがどこへ行ったか気になった。

「篠塚はひとりでもどりましたが、佐々野と高橋は、樵《きこり》らしい男を三人連れてきました」

「樵だと」

「そうです。……篠塚たちは、樵たちの手を借りるつもりかもしれません」

「箱根の山中で、襲う気か！」

泉十郎の足がとまった。

「樵だけならいいんですが……」

おゆらも足をとめた。植女も、おゆらからすこし間をとって立ちどまった。

「樵の他にも、助太刀《すけだち》を頼んだというのか」

「そうみました」

「助太刀は、何者だ」

「猟師ではないかとみてます」

おゆらは、篠塚が猟師に助太刀を頼みにいったのではないかと言い添えた。

「鉄砲か！」

植女の声が、めずらしく大きくなった。

「鉄砲を持った猟師を連れ歩くことはできないから、篠塚だけひとりでもどってきたとみてます」

おゆらによると、その後、土地の者に訊き、篠塚がむかった先の村に何人かの猟師が住んでいることが知れたという。

「おれたちを、鉄砲で狙うつもりか」

泉十郎が、ゆっくりとした歩調で歩きだした。

「そうみていいでしょうね」

おゆらと植女も、歩きだした。

「狙う場所は、箱根の山中か」

箱根の山中は、けわしい山道がつづいている。身を隠すことのできる杉林や樅《もみ》などの大樹がいたるところにあり、街道以外、人気《ひとけ》はない。泉十郎たちを鉄砲で狙うには、絶好の場である。

「明日、暗いうちに小田原宿を発《た》ったらどうだ」

泉十郎は、篠塚たちより先に小田原宿を発てば、箱根山中で鉄砲に狙われることもないとみたのである。

「おそらく、篠塚たちは、今夜、向井どのたちも小田原に宿をとったとみているはずです。同行してきた樵が、夜のうちから宿場の出口附近で見張っているはずですよ」

おゆらが、そのためもあって、樵を連れてきたのではないか、と言い添えた。

「それに、明日、向井どのたちが篠塚たちより先に小田原宿を出たとしても、箱根宿の先があります」

おゆらが、さらに身を寄せて言った。

「箱根の山中のどこかで追い越し、箱根宿から次の三島《みしま》までの間に、狙うというのだな」

箱根宿は、箱根山の嶺《みね》の芦《あし》ノ湖畔《こはん》にあった。小田原で宿をとった旅人の多くは箱根宿で泊まらず、箱根の関所を経て箱根山中を下り、三島宿へむかうのである。その途中も、登りと変わらないけわしい山道になっている。

「そうです。箱根の山に詳しい樵や猟師がいっしょなら、山中で追い越すこともできるはずです」

「うむ……」

泉十郎が顔をけわしくして口をとじると、

「また、おれとおゆらで先行し、篠塚たちが身をひそめている場所を嗅《か》ぎ出そう」

植女が言うと、おゆらがうなずいた。

「頼む」

泉十郎も、それしか手はないと思った。

3

翌朝、泉十郎たちは暗いうちに滝野屋を出た。小田原宿は、まだ夜陰につつまれていたが、話し声、足音、馬蹄《ばてい》の音などが、あちこちから聞こえていた。多くの旅人が、箱根越えを目前にし、すこしでも早く出立しようとして旅籠を出るのである。

「今日も、おれは先に行く」

そう言い残し、植女は泉十郎たちより先にたった。

「おれたちも行こう」

泉十郎が声をかけ、箱根にむかって歩きだした。

小田原宿を出ると、すぐに泉十郎が、

「篠塚たちが狙うとすれば、これから先の箱根山中とみていい」

と、重森たちに聞こえる声で切り出した。

「箱根はそこもとたちも知ってのとおり、けわしい山道がつづく。待ち伏せするのに、いい場所がいくらもある。……刀や槍で襲わなくとも、坂の上から岩を転がしてもいい」

「向井どのの言うとおりだ」

重森が口をはさんだ。

「篠塚たちは、一度襲撃に失敗している。それで、別の手を遣ってくるとみているのだ」

「どんな手です」

紀之助が訊いた。

「飛び道具とみている」

「弓ですか」

「鉄砲だ。弓も遣うかもしれん。ただ、弓は横堀どのを襲ったときに、失敗しているからな」

泉十郎は、おゆらのことは持ち出さずに、篠塚たちに鉄砲で狙われる恐れがあることを伝えたのである。

「だが、鉄砲は簡単に手に入るまい」

重森が言った。

「昨夜、宿の者にそれとなく訊いたのだがな。小田原宿を出た先の集落に、猟師が何人か住んでいるそうだ。猟師に金を渡して手を借りてもいいし、鉄砲だけ譲り受ける手もある」

泉十郎は、ここでもおゆらのことは口にしなかった。

「向井どのの言うとおりだ。鉄砲を遣ってくるかもしれん」

重森が顔をひきしめて言った。

「そのこともあって、植女が先行したのだ。植女から知らせがあったら、おれが声をかける。……すぐに、鉄砲の玉を受けない場に身を隠してくれ」

「承知しました」

佐山が応えた。

「篠塚は見逃すのですか」

紀之助が、心配そうな顔をして訊いた。

「篠塚を討つのは、鉄砲玉をかわしてからだ。おそらく、鉄砲は一挺《ちょう》、多くても二挺だろう。一度撃てば、次の玉を込めるまで時間がかかる。篠塚に挑むことは、できるはずだ」

そう言ったが、泉十郎には懸念があった。篠塚たちが襲うとすれば、山間のけわしい場所であろう。何人かで篠塚を取り囲んで討つのは、むずかしい。かといって、西崎兄弟の腕では、篠塚に後《おく》れをとるだろう。

……いずれにしろ、そのときになってからだ。

と、泉十郎は胸の内でつぶやいた。

そんなやりとりをして歩いているうちに、街道は登り坂になった。街道沿いに、杉並木がつづいている。

入生田《いりうだ》、山崎《やまさき》の地を過ぎると、前方に早川《はやかわ》にかかる三枚橋《さんまいばし》が見えてきた。

三枚橋の手前で街道は二手に分かれていた。箱根宿へむかう街道は左手で、右手の道は箱根七湯と呼ばれる温泉《いでゆ》の地につづいている。

泉十郎たちは、左手の街道へ入った。街道はすぐに山間の坂道になり、辺りには鬱蒼《うっそう》とした杉や樅などの針葉樹の森がひろがっていた。森林のなかは、大気がひんやりとして肌寒いほどであった。旅人はすこし前屈みになって坂道を登っていく。

「この辺りに、ひそんでいそうだが……」

重森が街道の左右に目をやりながら言った。

「いや、もっと先だな」

この先はさらにけわしい山道がつづき、街道が蛇行《だこう》していたり、街道沿いに大きな岩があったりして、身を隠して鉄砲で狙いやすい場所はいくらもあった。それに、植女とおゆらの姿がなかった。ふたりは、ひそんでいる篠塚たちを捜しているはずである。

さらに山間の道を歩くと、鬱蒼とした森のなかに入り、石畳の道になった。泉十郎たちは石畳に足を滑らせながら登った。

やがて、街道沿いに並ぶ旅籠や茶屋などが見えてきた。そこは、畑宿《はたじゅく》である。畑宿は宿駅ではなく、立場《たてば》だった。

茶店や杉並木の下に、旅人の姿が見えた。小田原から箱根にむかう旅人の多くが、畑宿で休んだり、弁当を使ったりする。

「おれたちも、一休みするか」

泉十郎が声をかけた。

「そうだな。茶でも飲むか」

重森が言うと、西崎兄弟がこわばっていた表情をやわらげた。喉が渇いていたらしい。それに、辺りに気を配りながら峻険《しゅんけん》な山道を登ってきたので、疲労もあったろう。

泉十郎たちは、街道沿いにあった茶店の長床几《ながしょうぎ》に腰を下ろし、注文を訊きにきた親爺《おやじ》に、饅頭《まんじゅう》と茶を頼んだ。

茶と饅頭がとどき、重森が茶で喉を潤《うるお》してから、

「篠塚たちの姿が見えないな」

と、小声で言った。他の客に聞こえないように気を使ったらしい。

「この先とみているが……」

泉十郎も、はっきりしたことは言えなかった。

「植女どのは、どの辺りまで行っているかな」

「箱根宿までは、行っていないはずだ」

植女は、何事もなければ、芦ノ湖畔の近くで待っているのではないか、と泉十郎は思った。

泉十郎たちは茶を飲み、饅頭を食べ終えると腰を上げた。

4

植女とおゆらは畑宿から山間につづく街道を歩き、西海子《さいかち》坂、樫木《かしのき》坂、と呼

ばれるふたつの急な坂道を登った。その後、さらに猿滑《さるすべり》坂と呼ばれる坂道の近くまで来た。

そのとき、先を歩いていたおゆらが、ふいに坂道沿いの杉の巨木の幹の陰に身を隠した。おゆらはかぶっていた菅笠の端をつまみ、坂道の先に目をむけた。

おゆらは、巡礼姿ではなかった。茶の小袖を尻っ端折《しりぱしょ》りし、股引《ももひき》に手甲脚半《てっこうきゃはん》姿だった。髪は後ろに束ねて笠で隠し、振り分け荷物まで肩にかけている。どこから見ても、男の旅人である。

後続の植女は、おゆらに身を寄せ、

「どうした」

と、小声で訊いた。

「この先、道の端に樅の木があるね」

「あるな」

樅の巨木が、街道の右手で鬱蒼と枝葉を茂らせていた。露出した太い根が、街道にまで伸びている。

「樅の木の先の岩陰に、チラッとひとが見えたんだよ」

おゆらが、坂を見上げながら言った。

坂道は樅の木のあたりで、わずかに右手にまがっていた。そのため街道が見にくくなっている。

「身を隠して襲うには、いい場所だ」

坂を登ってくる者は、樅の木の脇を通り過ぎるまで埋伏者《まいふくもの》に気づかないだろう、と植女は思った。

「何人いる」

植女が訊いた。

「分からない。ひとりか、ふたり……」

おゆらが自信のない声で言った。

「鉄砲は」

「岩陰に見えた男は、猟師のようでした」

鉄砲は見えなかったが、猟師がそこに身を隠しているのではないか、とおゆらが言い添えた。

「あそこなら、坂を登ってきた者を正面から狙えるな。樅の脇から姿を見せたとき、引き金を引けばいいのだ」

植女も、鉄砲で狙うなら、岩陰からだろうとみた。

「篠塚たちは」

「この辺りにひそんでいるはずだけど……」

おゆらは、街道の先に目をやりながらつぶやいた。

「ともかく、おれは街道をもどって、向井どのたちに知らせる」

うかうかしていると、泉十郎たちがくる。鉄砲から逃れるのが先である。

「その間に、あたしが篠塚たちの居場所を探っておくよ」

「おゆら、無理をするな。篠塚たちは腕がたつ」

「植女の旦那こそ、坂道で転ばないようにね」

おゆらが、上目遣いに植女を見て言った。

「こうみえても、おれは御庭番だぞ」

そう言い残し、植女は坂を下った。


泉十郎たちは、石畳の坂道を足を滑らせながら登った。先を歩いていた泉十郎が、坂道を下ってくる植女を目にし、

「植女だ」

と、重森たちに声をかけた。

泉十郎たちは、坂道の平坦な場所に立って、植女が近付くのを待った。

「植女、何か知れたか」

すぐに、泉十郎が訊いた。

重森たちは、近くに立って植女と泉十郎に目をむけている。

「この先の猿滑坂で、鉄砲を持った者が待ち伏せしている」

植女は猿滑坂と口にした。

重森たちは、参勤で何度かこの道を通っているので、坂の名で場所が分かる、と植女はみたようだ。

「篠塚たちは」

泉十郎が訊いた。

「近くにいるはずだが、どこにいるか、まだ分からない」

植女が、ともかく鉄砲で狙っている者がいることだけ知らせにもどったことを言い添えた。

「鉄砲を持った者がいるなら、近くに篠塚たちが身をひそめているとみていい。篠塚たちが、潜伏している場をつきとめてから仕掛けよう」

泉十郎は、狙撃者のいる周囲を探せば、篠塚たちは見つかるだろう、と思った。それに、おゆらが付近にいるはずだ。すでに、おゆらは篠塚たちを見つけているかもしれない。

「行こう」

泉十郎が重森たちに声をかけた。

泉十郎と植女が先にたち、山間の坂道を登った。そして、西海子坂と櫃木坂を過ぎ、猿滑坂の近くまで来たとき、坂道を下りてくる旅人の姿が見えた。菅笠で顔を隠すようにして道の端を歩いてくる。

「おゆらだ」

植女が泉十郎だけに聞こえる声で言い、おゆらが下りてくる路傍《ろぼう》に身を寄せた。

おゆらは植女とすれちがうとき、

「街道の右手の樅の木の陰に、武士がふたり。左手の笹藪のなかに三、四人、樵らしい男がいます」

そう小声で伝え、そのまま坂を下りていった。

おゆらは、戸塚宿の先の山間の道で篠塚たちを襲ったときと同じように旅人を装い、泉十郎たちに待ち伏せしている篠塚たちのことを知らせたのである。

植女は猿滑坂の樅の巨木の手前まで来ると、街道沿いの樹陰に身を隠し、

「この先に太い樅の木があるな」

と、坂の上を指差して言った。

近くの物陰に身を隠した重森たちが、うなずいた。

「樅の木の先の左手に大きな岩があるのが、見えるか」

「見える」

泉十郎が言った。

「あの岩の陰に、鉄砲をもった男がいる。……坂道を登ってくるおれたちの姿を目にしてから火縄に火を点《っ》け、樅の木の脇から姿を見せたところを狙い撃ちにするつもりなのだ」

そう言いながら、植女は坂道の左右に目をやった。おゆらが知らせた篠塚たちの潜伏先を探したのである。

「知らずに坂を登っていたら、まちがいなくやられたな」

重森が坂の上に目をやりながら言った。

「近くに、篠塚たちがひそんでいるはずだが……」

そう言って、植女はさらにおゆらが知らせた場所に目をやった。

……いる！

街道の右手の樅の木の陰に、人影があった。武士のようだ。腰に帯びている刀の鞘が見えた。篠塚たちらしい。街道の左手の隈笹《くまざさ》のなかに身をひそめている者もいた。三、四人——。その身装から樵らしいことが知れた。何か手に持っている者がいた。石かもしれない。坂の上から石を投げれば、威力のある飛び道具になるだろう。

植女は、すぐに傍らにいる泉十郎に、樅の陰に篠塚たちがいることと左手に樵たちがいることを知らせた。

5

「見ろ、樅の木の陰に篠塚たちがいる」

泉十郎が指差して言った。

その場にいた重森や西崎兄弟の目が、街道の右手にある樅の木にむけられた。武士体の男の半身が見えた。だれか分からないが、二刀を帯びていることから武士であることは知れた。おゆらがふたりと言ったらしいので、篠塚はそこにいるとみていいのではあるまいか。

「左手には、樵がいる」

泉十郎は、左手の隈笹に身をひそめている樵たちを指差した。顔が半分見えている者もいるので、樵と知れた。

「おれが、鉄砲を持った猟師を仕留める」

植女が言った。

植女は走り寄りざま、居合で仕留めることができる。それに、植女は総髪なので、西崎兄弟や重森とは思わないはずだ。

「猟師は植女に頼む。おれは、紀之助たちといっしょに篠塚たちを討つ」

泉十郎が言うと、

「おれも、紀之助たちに助太刀する」

と、重森が身を乗り出すようにして言った。

「よし、おれたちは、この前と同じように二手に分かれよう」

佐山と柴山が樵たちを襲い、西崎兄弟と重森、それに泉十郎が、篠塚たちを討つことになった。

「先に行くぞ」

そう言い残し、植女がひとり街道に出た。そして街道沿いの樹陰に身を隠すようにして、坂を登り始めた。

つづいて、泉十郎、重森、西崎兄弟の四人が、右手の森に入った。杉が多かったが、樅の巨木も目についた。地表は、丈の低い隈笹で覆《おお》われている。泉十郎たちは音をたてないように隈笹を分け、そろそろと歩いた。

泉十郎たちが街道から離れると、佐山と柴山が左手の森に入った。柴山たちも音をたてないように山の斜面を登っていく。


植女は樅の巨木の幹の陰から街道に出た。身を隠す様子を見せず、旅人を装って堂々と街道のなかほどを登った。

……いる！

岩陰に人影があった。鉄砲を持っている。まだ銃口を植女にむけていなかった。獣皮の袖なしを着ている。猟師らしい。

猟師は岩陰から植女に目をむけているようだった。迷っているのかもしれない。植女はすこし足を速めた。猟師まで五、六間ほどに迫ったときだった。

岩陰から別の男が顔を出した。高橋である。猟師に指示するために、高橋がついていたらしい。

植女は坂道を駆け上がった。

「やつは、敵だ！」

高橋が叫んだ。植女に気付いたようだ。

猟師は慌てて、火縄に火を点けようとした。

植女は猟師のひそんでいる岩に迫りながら、左手で刀の鯉口《こいぐち》を切り、右手で柄を握《にぎ》った。居合の抜刀体勢をとって猟師に急迫した。

高橋は、「早く撃て！」と叫びざま抜刀した。

猟師が岩陰から出て、銃口を植女にむけようとした。

植女は飛び込むような勢いで、猟師に迫り、

「遅い！」

叫びざま、抜刀した。居合の神速の抜き打ちである。

キラッ、と刀身がひかった次の瞬間、猟師の着ていた獣皮の袖なしが、肩口から胸にかけて裂けた。猟師は悲鳴を上げ、手にした銃を捨てて後じさった。あらわになった胸が血に染まっている。

「た、助けて！」

猟師は反転し、密集した隈笹のなかに逃げ込んだ。

これを目にした高橋は、

「おのれ！」

と叫び、切っ先を植女にむけた。顔がひき攣《つ》ったようにゆがみ、青眼に構えた刀の切っ先が震えている。興奮と恐怖のせいらしい。

……斬るまでもない。

と植女は、思った。

植女は手にした刀身を峰に返した。峰打ちにするつもりだった。高橋を生きたまま捕らえれば、篠塚たちの背後にいる国許の大江や野田の悪事をはっきりさせることができるとみたのである。

イヤアッ！

いきなり、高橋が甲走《かんばし》った気合を発して斬り込んできた。

振りかぶりざま、真っ向へ——。捨て身の攻撃である。

一瞬、植女は右手に体を寄せざま刀身を横に払った。

二筋の閃光《せんこう》が、縦横《じゆうおう》にはしった。

高橋の切っ先は、植女の肩先をかすめて空《くう》を切り、植女の刀身は高橋をとらえた。だが、腹ではなく腰の下だった。その場が斜面で、植女は下から刀を払ったために高橋の腹部をとらえることができなかったのだ。

ギャッ！　と絶叫を上げ、高橋は刀を取り落として後ろによろめいた。そして、反転して逃げようとした。

「逃がすか！」

植女は、高橋の背後から追いすがり、さらに一太刀、袈裟《けさ》に打ち込んだ。

刀身が高橋の右肩をとらえ、皮肉を打つにぶい音がした。

高橋は、喉のつまったような呻き声を上げて、その場にへたり込んだ。打たれた右肩が痛むのか、顔を苦痛にゆがめ、左手で右肩を押さえて身を顫《ふる》わせている。

「動くな！」

植女が高橋の前に立って、切っ先を喉元に突き付けた。

このとき、街道の左手で、男たちの悲鳴や怒声が聞こえた。佐山と柴山が、樵たちとやりあっているようだ。

6

植女が鉄砲を持った猟師に仕掛けたいっとき前、泉十郎、重森、西崎兄弟の四人は、街道の右手の斜面を上り、樅の太い幹の陰にいる篠塚と佐々野に迫っていた。

篠塚たちがいるのは、街道に近い場所だった。重森たちを銃で狙った後、飛び出して残る者たちを討ちとるつもりで、その場に身をひそめていたらしい。

そのとき、高橋の「早く撃て!」という声につづいて、猟師の悲鳴が聞こえた。

篠塚と佐々野は、樹陰から出て街道の方へ顔をむけたが、すぐに、泉十郎たちの方を振り返った。近付いてくる人の気配を感知したようだ。

「重森たちだ!」

佐々野が叫んだ。

「西崎兄弟もいるぞ」

篠塚は近付いてくる兄弟を目にしたらしい。

「篠塚、父の敵！」

紀之助が叫びざま、隈笹のなかを駆け上がろうとした。だが、急な斜面のため笹に足をとられて、その場に四つん這《ば》いになった。

すると、弟の永次郎が抜刀し、「篠塚、尋常《じんじよう》に勝負しろ！」と叫びざま、隈笹を分けて篠塚に迫った。

紀之助はすぐに立ち上がり、すこし遅れて篠塚に近付いていく。

「永次郎、焦るな！」

重森が叫んだ。

泉十郎と重森も刀を抜き、足早に篠塚と佐々野に迫った。

「返り討ちにしてくれるわ！」

篠塚が抜刀し、腰を沈めて低い八相《はつそう》に構えた。刀を横に払って、斜面を上がってくる永次郎たちを斬るつもりらしい。

つづいて、佐々野も刀を抜き、青眼に構えると、切っ先を下げて永次郎と泉十郎たちにむけた。

……このままでは、篠塚たちに後れをとる。

と、泉十郎はみた。

斜面の上に立ち、下から上がってくる者を迎え撃つ方が、はるかに有利である。

「永次郎、篠塚の右手にまわれ！」

泉十郎は叫び、己は左手にまわり込んだ。

下から重森と紀之助が篠塚と佐々野に迫り、三方から篠塚たちを取り囲むような態勢になった。

と、篠塚と佐々野が後じさりし始めた。泉十郎たちに、三方から取り囲まれるのを防ごうとしたらしい。

「逃げるか！」

紀之助が叫んだ。篠塚たちが逃げようとしている、と思ったらしい。

紀之助と重森が足早に斜面を上り始めた。篠塚たちとの斬撃の間合に、踏み込もうとしている。

篠塚たちは後ろへ逃げたが、すぐに紀之助たちとの間合が狭まった。斜面を後ろ向きで上がると、どうしても動きが遅くなる。

紀之助が篠塚に迫ったとき、ふいに篠塚が前に踏み込み、
タアッ！

と鋭い気合を発し、腰を沈めて刀を横に払った。

咄嗟《とっさ》に、紀之助は後ろに身を引こうとしたが、斜面のため、後ろに引いた足が踏ん張れず、崩れるように滑り落ちた。

篠塚は、紀之助を追って一太刀あびせようとしたが、その場に踏み止まり、左右に目をやった。左手から泉十郎が、右手から永次郎が迫ってくる。

「引け！」

篠塚は後ずさりし始めた。

佐々野も篠塚につづき、前にいる重森との間があくと反転した。

「篠塚どの、この場は引くぞ！」

佐々野はすばやい動きで斜面を登り始めた。

篠塚も佐々野の後を追って、その場から逃げた。

「待て！」

泉十郎と永次郎が、左右から篠塚たちを追った。

だが、泉十郎と永次郎は、篠塚たちからしだいに遠ざかった。泉十郎たちが、左右から斜めに篠塚たちを追ったためである。

泉十郎は篠塚たちの姿が隈笹のなかに遠ざかったとき、

「永次郎、追うな」

と声をかけて、足をとめた。追っても、篠塚に追いつけないとみたのである。

泉十郎のところへ、重森と西崎兄弟が集まった。

「また、逃げられた」

紀之助が無念そうに言った。

「まだ、篠塚たちを討つ機会はある」

泉十郎が、篠塚たちが逃げた先を睨《にら》むように見すえて言った。

泉十郎たちは街道にもどった。そこへ、佐山と柴山が姿をみせた。佐山の顔に、何か尖《とが》った物で引《ひ》っ掻《か》いたような傷が幾筋《いくすじ》もあった。

「その傷は、どうした」

重森が訊いた。

「笹で、切りました」

佐山によると、隈笹のなかに身をひそめていた四人の樵とやり合ったときに、足を滑らせて転倒し、隈笹のなかに顔からつっ込んだという。

「それで、樵たちはどうした」

「逃げました」

当初、笹藪のなかに身を隠していた四人は、街道を上がってくる泉十郎たち一行に投げ付けるために用意していた石を投げてきたという。礫にしては大きな石で、ひと握りほどのものだった。坂を登ってくる者は逃げるのがむずかしく、威力のある武器になったはずである。ところが、佐山と柴山が刀を手にして樵たちに迫ると、石を投げるのをやめ、先を争って逃げ出したという。

「篠塚たちは、ここでおれたちを討ち取るために、三方に身をひそめて待ち構えていたのだな」

泉十郎が言った。

坂の上から猟師の鉄砲、街道の左右から篠塚たちと樵たちで、坂道を登ってくる泉十郎たちを狙っていたのである。

「植女はどうしたかな」

猟師が鉄砲を撃つ音は聞こえなかった。植女が、鉄砲を撃つ前に猟師を仕留めたのであろうか。

泉十郎たちは、坂道を急いで登った。

7

街道沿いに大きな岩があり、その陰に植女が立っていた。もうひとり、武士の姿があった。高橋である。

植女が、地面にへたり込んでいる高橋に切っ先をむけていた。

泉十郎たちが近付くと、

「篠塚たちはどうした」

すぐに、植女が訊いた。

「また、逃げられたよ」

泉十郎が渋い顔をして、篠塚たちと闘ったときの様子をかいつまんで話した。

「篠塚と佐々野は、したたかだな。逃げる手まで、考えていたのではないか」

植女が低い声で言った。

「高橋は斬らずに捕らえたのか」

泉十郎が高橋に目をやりながら訊いた。

「そうだ。国許の大江や野田の悪事が、聞き出せるかと思ってな」

「植女どの、かたじけない。大江たちの悪事がはっきりすれば、国許の大目付の大友さまに話して、処罰することができる。篠塚と佐々野を討ち、さらに大江たちの悪事をあきらかにすれば、西崎さまの無念も晴れよう」

　重森が言うと、西崎兄弟もうなずいた。

「ここで、高橋から話を聞くわけにはいかないな」

　岩陰だが、街道のすぐ脇だった。旅人たちの耳に入るだろう。

「箱根の栗田屋《くりたや》まで連れていくか。口上書《こうじょうしょ》もとりたいのでな」

　重森によると、今夜の宿は箱根宿の栗田屋にするという。まだ泊まるにはすこし早いかもしれない。小田原を発った男の旅人なら箱根には草鞋を脱がず、三島か沼津《ぬまづ》まで足を延ばす。ただ、泉十郎たちは、途中、篠塚たちと闘って時間をとり、体も疲労していた。それで、箱根宿に草鞋を脱ぐことにしたようだ。

　栗田屋も、重森たちが参勤のおりに使う旅籠で、藩士には何かと便宜《べんぎ》をはかってくれるそうだ。

「それがいいな」

　泉十郎が、西の空に目をやって言った。陽は見えなかったが、箱根の山脈《やまなみ》のむこうにまわっているようだ。樹陰は、夕暮れ時を思わせるように薄暗かった。

泉十郎たちは高橋を連れて坂道を登り、さらにいくつかの坂を越えて笈《おい》の平《たいら》に出た。淡い夕闇に染まった二子山《ふたごやま》を右手に見ながら歩くと、芦ノ湖が眼前にひろがった。泉十郎たちは箱根の関所を通った後、湖畔沿いに旅籠や茶店などがつづく街道を歩き、栗田屋に着いた。

栗田屋は大きな旅籠ではなかったが、重森たちのために二階の二部屋を使わせてくれた。

二階の座敷に入った重森たちは旅装を解くと、すぐに狭い方の座敷に高橋を連れ込んだ。できれば、夕めしの前に高橋の訊問《じんもん》を終えたかったのだ。

座敷の行灯《あんどん》の灯に、六人の男の姿が浮かび上がった。重森、泉十郎、植女、佐山、柴山、それに捕らえてきた高橋である。重森の配慮で、西崎兄弟は、別の部屋に残っていた。兄弟は感情的になる恐れがあったので、訊問に立ち会わせたくなかったのだろう。

男たちに取り囲まれた高橋は、蒼ざめた顔で身を顫わせていた。高橋は縛られていなかった。栗田屋に入る前、後ろ手に縛っていた縄を解いたのである。

「高橋、ここまできたら、観念するのだな」

重森が静かな声で切り出した。

「……」

高橋は無言のまま視線を座した膝先に落としていた。

「なぜ、篠塚たちといっしょに江戸を離れたのだ。脱藩して、牢人になるつもりなのか」

「お、おれは、脱藩する気などない」

高橋が声を震わせて言った。

「だが、江戸勤番の者が藩の許しもなく勝手に江戸を離れて旅に出たら、脱藩したとみられるではないか」

「おれは、梶野さまの命にしたがっただけだ」

「先手組の梶野甚九郎か」

重森は、梶野を呼び捨てにした。

「そうだ……」

「高橋、篠塚と佐々野が、国許で何をしたか知っているのか」

「……！」

高橋の顔がこわばり、体が小刻みに顫えだした。

「勘定奉行の西崎さまを襲って殺したのだぞ」

重森が高橋を見据えて言った。静かだが、重いひびきのある声だった。

高橋は、無言のまま膝先に目をやっている。膝の上で握りしめた拳が震えていた。

「おぬしは、篠塚たちの仲間にくわわって江戸を離れ、父の敵を討とうとしている西崎兄弟を襲ったのだぞ」

重森はそこで話をやめ、いっとき虚空《こくう》に視線をむけていたが、

「当然、国許の大友さまは篠塚たちの仲間とみて、おぬしを捕らえるはずだ。そうなれば、よくて切腹だな」

そう言って、あらためて高橋に目をむけた。

高橋の視線が揺れ、体の顫えが激しくなった。

「だが、ここで篠塚たちから手を引き、わが藩のために尽力《じんりよく》するなら話は別だ」

重森が声をあらためて言った。

「……」

高橋が顔を上げて、重森を見つめた。

「高橋は梶野の配下のため、やむなく梶野の命にしたがったが、国許にむかう途中で心をあらため、われらに味方して力を尽くしてくれた、そういうことにした

ら、どうかな。おれが、その旨《むね》を書状に認《したた》めてもいい」

　重森はそこで一息つき、

「ただし、おぬしが、われらに味方してくれればの話だ」

　そう言って、高橋に目をむけた。

「そ、それがしは、何をすればいいのです」

　高橋が縋《すが》るような目をして訊いた。

「おれたちが訊いたことに、答えてくれればいいのだ」

　重森は高橋が証言したことを口上書にし、国許へ持参して大目付の大友に渡すつもりだった。そうすれば、篠塚と佐々野のふたりだけでなく、国許にいる普請奉行の大江と先手組物頭の野田の悪事もはっきりするだろう。むろん、高橋を大江と会わせ、直接話させてもいい。

「まず訊くが、篠塚と佐々野が国許から江戸へ出たのは、敵討ちから逃れるためではなく、横堀さまを討つためだな」

「そ、そうです」

　高橋が声を震わせて言った。

「篠塚と佐々野は、だれかの指図にしたがって江戸へ出た。そうだな」

「……」

高橋がうなずいた。

「だれの指図だ」

重森が語気を強めて訊いた。

「く、国許の、大江さまと野田さまの指図にしたがったと聞きました。国許で、西崎さまを手にかけたのも、大江さまたちの指図があったからだそうです」

高橋は、重森が訊かないことまで口にした。重森たちに味方して、己の罪から逃れようと思ったのだろう。

「やはりそうか。……ところで、なぜ、大江たちは江戸にいる横堀さままで手にかけようとしたのだ」

重森は、江戸にいる横堀が、国許で不正を働いた疑いのある大江や野田と、何かかかわりがあるとは思えなかったのだ。

「そのことは、聞いていません」

高橋は首をひねった。

「聞いてないか」

重森はいっとき口をつぐんだ後、

「ところで、江戸にいる先手組物頭の梶野だがな。なぜ、おぬしや山之内にまで、横堀さまを襲うつもりでいた篠塚たちに味方するよう命じたのだ」

そう言って、矛先を梶野にむけた。

「同じ八雲流一門だったからです」

高橋が小声で言った。

「それだけではあるまい」

若いころ八雲流一門だったというだけで、それだけのことをするはずはない、と重森は思った。

「噂《うわさ》だけですが、国許に帰って勘定奉行になられる話があるとか……」

高橋が語尾を濁《にご》した。はっきりしないのだろう。

「なに、勘定奉行だと！」

重森の声が大きくなった。

「勘定奉行というと、亡くなった西崎さまの後釜か」

さらに、重森が訊いた。

「……」

高橋は無言のまま、ちいさくうなずいた。

らしい。

どうやら、梶野は西崎の後釜に座るために、国許の大江や野田に味方していた

「だが、梶野は勘定奉行の座に就《つ》けるのか」

すぐに、重森が訊いた。勘定奉行の座を決めるのは、藩主の直高と城代家老の大久保などの重臣である。梶野や国許の大江たちではない。

「それがしには、分かりません」

高橋が小声で言った。

さらに重森は、大江と野田が横堀の暗殺を指示したのは、何か狙いがあってのことではないか、ともう一度訊いたが、高橋は首をひねるばかりだった。

重森はいっとき黙考していたが、

「何か訊くことはあるか」

と、泉十郎たちに目をむけて言った。

「篠塚たちは国許にむかったのだな」

泉十郎が念を押すように訊いた。

「そうです」

「国許へ帰ったら、どこへ身を隠すつもりなのだ」

「大江さまか、野田さまのところに」

「やはりな」

泉十郎はちいさくうなずいて身を引いた。

重森たちの訊問は終わった。

高橋は国許まで連れていくことにした。まず国許の大目付の大友に会い、これまでの経緯を話すことになるが、高橋が証言してくれれば、すべてを事実と認めてくれるはずである。その後、重森は国許の年寄の野島信兵衛《のじましんべえ》や城代家老の大久保と会うことになろうが、江戸で起こったことも信じてもらえるだろう。

翌朝、泉十郎たちは、まだ暗いうちに栗田屋を発った。駿河にある奥江藩にむかうのである。

第五章　駿河《するが》

1

泉十郎たちは栗田屋を出ると、次の宿場の三島にむかった。三島まで三里と二十九丁、長い山間《やまあい》の道がつづく。

栗田屋を出てしばらく歩くと、一面に笹藪《ささやぶ》の繁茂《はんも》している地に出た。街道は笹藪のなかにつづいている。

「おれと植女は、すこし前を歩く」

泉十郎はそう言って、植女とともに足を速め、重森たちより一町ほど前に出た。篠塚と佐々野が街道際の笹藪のなかに身をひそめ、いきなり飛び出して重森たちを襲う恐れがあったのだ。

泉十郎たちは、左右に気を配りながら歩いたが、篠塚たちが埋伏《まいふく》している気配はなかった。

街道が蛇行《だこう》しているところへ出たとき、道端の大石に腰を下ろして休んでいる巡礼がいた。おゆらである。また巡礼姿に身を変えたらしい。

おゆらは泉十郎と植女の姿を目にすると、腰を上げて後ろからついてきた。

「篠塚と佐々野に逃げられたようですね」

おゆらが、小声で言った。

「篠塚たちには逃げられたが、植女が高橋を捕らえてな、いろいろ話を聞くことができたよ」

泉十郎が歩きながら、高橋の訊問《じんもん》で知れたことをかいつまんでおゆらに話した。

「やっぱり、梶野が裏で指図していたようですね」

「重森どのたちが江戸にもどったら、梶野のことも家老の内藤さまに伝えることになっている。高橋が、何もかもしゃべってくれたからな。梶野も言い逃れできないはずだ」

「後は、国許の大江と野田ですか」

おゆらが言った。

「その前に、篠塚を討たねばならぬ」

泉十郎は、何としても西崎兄弟に敵を討たせてやりたかった。同行している重森たちも、同じ思いであろう。

泉十郎とおゆらのやり取りがとぎれたとき、

「おゆら、箱根宿に入ってから、篠塚と佐々野を見かけたか」

植女が訊いた。

「今朝早く、木賃宿《きちんやど》を出るのを見かけましたよ」

おゆらによると、篠塚と佐々野は、泉十郎たちの目をさけるために箱根宿の木賃宿に泊まったという。

「篠塚たちも箱根に宿をとったのか」

「そのようです」

「宿を出たのは、おれたちより先か」

「篠塚たちは、まだ暗いうちに箱根を発《た》ちました」

「見かけたのは、篠塚と佐々野のふたりだけか」

「ふたりだけでしたよ」

「篠塚たちは、三島宿へむかったのだな」

植女が念を押すように訊いた。

「そうみていいでしょうね。この先は、三島宿ですから」

「うむ……」

植女が口をつぐんだ。

植女とおゆらのやり取りが途絶えたとき、

「どうだ、篠塚たちに、おれたちを襲うような様子がみられたか」

泉十郎が訊いた。

「あたしがみたところ、篠塚たちは旦那たちを襲うどころか、逃げようとしているようでしたよ」

「篠塚たちは襲撃に二度失敗し、篠塚と佐々野のふたりだけになったからな。旅の途中、襲うのはあきらめたのかもしれん」

篠塚たちは国許にもどって領内で味方を集めてから、西崎兄弟を討とうとするのではないか、と泉十郎は思った。

泉十郎が口をつぐむと、

「あたしは、先に行きますよ」

そう言い残し、おゆらは足早に泉十郎たちから離れた。おゆらは、泉十郎たちにも負けない健脚である。

泉十郎と植女は笹藪のつづく地を抜けると、後続の重森たちと合流した。

泉十郎たちは、山間の急坂のつづく街道を下った。途中、上りと同じような石畳の下り坂があり、西崎兄弟は何度も足を滑らせて尻餅をついた。

やがて、急坂を過ぎると、坂はなだらかになり、松並木がつづくようになった。見通しのいい場所にくると、木々の葉叢《はむら》の間から街道の先に駿河湾を見ることができた。ここまで来れば、三島宿はすぐである。

「今夜の宿は」

歩きながら、泉十郎が重森に訊いた。

「原《はら》にとるつもりだ」

三島から原宿まで、途中沼津宿を経て、およそ三里ほどだという。三島宿で昼食のためにすこし休んでも日暮れ前に着くそうだ。

泉十郎たちは、三島宿で栗田屋に用意してもらった弁当を使った。茶店で一休みした後、辺りに目を配りながら三島宿を出た。念のために、篠塚たちの姿がないか確かめたのである。

三島宿を出てしばらく歩くと、駿河湾の海原《うなばら》が眼前に見えてきた。右手には、雄大な富士山が青空のなかに屹立《きつりつ》している。

泉十郎たちは駿河湾を左手に見ながら東海道を進み、沼津宿を経て原宿に入った。

「宿は、関森屋《せきもりや》にしよう」

重森が、泉十郎たちに声をかけた。関森屋も、奥江藩の藩士が江戸への行き来のおりに使うことがあるという。ただ、参勤の場合は、領地に近いこともあって原宿に宿泊することはないそうだ。

奥江藩に行くには、原宿の次の宿場、吉原《よしわら》を経て富士川の手前を右手におれ、さらに富士山を右手に見ながら北に五里ほど歩くという。山脈にかこまれた地に、城下がひろがっているそうだ。

関森屋に草鞋《わらじ》を脱いだ泉十郎たちは、風呂に入ってから夕餉《ゆうげ》の膳についた。この日は酒も用意した。

酒をいっとき酌《く》み交《か》わした後、

「篠塚たちは、先に国許へ入るつもりらしいな」

泉十郎が重森たちに話しかけた。

「先手組物頭の野田の屋敷へむかうのではないかな」

重森が言った。野田は、篠塚と佐々野の直接の上司だった。篠塚たちは、江戸でのことを野田に伝えるはずである。

「すぐに、野田家へ踏み込みますか」

永次郎が、身を乗り出すようにして言った。

「その前に大友さまに会って、これまでのことを話してからだ」

重森は、西崎兄弟に顔をむけ、

「国許に帰っても、これまでと同じだ。焦って、動きまわるなよ」

と、おだやかな声で釘《くぎ》を刺した。大友は国許の大目付で、西崎が殺された件の探索に当たっていた。

その夜、泉十郎たちは早めに床に入った。箱根越えの疲れをとるためである。

2

泉十郎たちは、朝暗いうちに原宿を出立《しゅったつ》した。次の宿場の吉原まで三里ほどである。街道は松並木がつづき、左手に駿河湾、右手には富士の霊峰《れいほう》が聳《そび》えていた。すばらしい景観の地がつづくが、泉十郎たちに景色を愛《め》でている余裕はなかった。

泉十郎たちは、吉原宿に着くと茶店で一休みし、関森屋で用意してもらった弁当を使った。

泉十郎と植女は茶店に腰を下ろし、弁当を食べながら宿場に目をやった。おゆらの姿を探したのである。だが、おゆらは姿を見せなかった。

吉原宿を出て、しばらく街道を歩いたとき、泉十郎は街道の松並木の樹陰で一休みしているおゆらを目にとめた。巡礼姿である。

泉十郎が街道の端に足をとめ、草鞋の紐を結びなおすふりをしていると、すぐにおゆらが近寄ってきた。

「篠塚たちは、一刻（二時間）ほど前に、奥江藩にむかう街道へ入りました」

おゆらが、小声で言った。

「篠塚と佐々野のふたりだけか」

「ふたりです。……急いでましたよ」

「われらも、これから奥江藩にむかう。おゆらも領内に入ってくれ」

「分かりました」

おゆらは小声で言うと、すぐに街道沿いの脇道に入った。脇道をたどって、泉十郎たちより先に出る気らしい。

泉十郎は重森たちに追いつくと、植女に身を寄せ、

「篠塚と佐々野は、奥江藩にむかったようだ」

と、小声で知らせた。

植女はちいさくうなずいただけだった。おゆらのことを訊きもせず、いつもの表情のない顔で歩いていく。

富士川の近くまで来ると、

「この街道だ」

そう言って、重森が右手の道へ入った。

奥江藩の領内につづいている街道らしい。街道といっても、寂しい通りだった。小高い丘や山間の裾《すそ》を縫うようにつづいている。通り沿いの人家はすくなく、田畑や松林などが目についた。

「藩士や領民は、ここを奥江街道と呼んでいる」

重森によると、この街道を利用するのは奥江藩の領内に住む者が多く、むかしからそう呼ばれていたそうだ。

やがて、街道はさらに人家のない山間の寂しい地に入った。右手には、箱根の山々を睥睨《へいげい》するように富士の霊峰が聳えていた。

どれほど歩いたろうか、陽が西の空にかたむいたころ、泉十郎たちは、丘陵《きゅうりょう》地《ち》をおおった杉林のなかを抜けた。すると、急に視界がひらけ、眼下に平地がひろがった。淡い夕陽のなかに、田畑や集落、蛇行した川、さらに平地の先の山々を背にして城があり、その周囲には家臣たちの屋敷が集まっていた。

「ここが、奥江藩の領地だ」

重森が指差して言った。

「山にかこまれた地だな」

「むろん、領地はここだけではない」

重森によると、眼前にひろがっている地に城と多くの家臣たちの屋敷があるが、山を越えた先にも領地があり、多くの領民が住んでいるという。

「急ごう」

泉十郎が言った。

明るいうちに、奥江藩の領地に入りたかったのだ。

泉十郎たちは領内に入ると、そのまま重森の屋敷にむかった。それぞれの屋敷にもどる前に、今後の相談をするためである。

重森は八十石取りと聞いていたが、板塀をめぐらせた屋敷に住んでいた。泉十郎たちが草鞋を脱ぎ、庭に面した座敷に腰を落ち着けると、重森の留守を守っていた老母が茶を淹《い》れてくれた。

「篠塚と佐々野も、領内に入ったとみていいいな」

重森が湯飲みを手にして言った。

「いまごろは、野田の屋敷にいるかもしれません」

佐山は、先手組物頭の野田を呼び捨てにした。篠塚や佐々野たちを陰であやつっている黒幕のひとりとみたからであろう。

「いずれにしろ、明朝《みようちよう》、大目付の大友さまに会うつもりだ」

重森は、大友の屋敷に、泉十郎、紀之助、高橋の三人だけ同行することを話した。重森が同行者を三人に絞ったのは、大友家の屋敷に、早朝から大勢で突然押しかけるわけにはいかないからだろう。

「われらは、どう動きますか」

佐山が訊いた。

「佐山と柴山は、野田の屋敷の近くに住む者に、篠塚と佐々野の姿を見掛けなかったか訊いてみてくれ。……あまり屋敷に近付くなよ。探っていたのを、野田家の者に知られたくないからな」

重森につづいて、植女が、

「おれも、野田家を探りに行く」

と、つぶやくような声で言った。

「それがしは、どうしますか」

　永次郎が不満そうな顔をして訊いた。兄の紀之助といっしょに大友家へ行きたかったのかもしれない。

「永次郎には、やってもらいたいことがある」

「なんでしょうか」

　永次郎が身を乗り出すようにして訊いた。

「西崎家の近所に住む藩士にな、ちかごろ、野田の様子はどうか、それとなく訊いてみてくれ。……いいか、江戸で起こったことや篠塚たちのことは、いっさい口にするな。野田の耳にとどくと、われらが探っていることが知れるからな」

　どうやら重森は、永次郎に危険のない聞き込みをさせるようだ。

「分かりました」

　永次郎が納得したようにうなずいた。

　重森家での相談は、小半刻《こはんとき》（三十分）ほどで終わった。西崎兄弟や佐山たちはそれぞれの家に帰すためである。

　重森家に泊まったのは、泉十郎と植女だけだった。

3

翌朝、重森と泉十郎は暗いうちに起き、重森家で用意してくれた朝餉をすますと、すぐに屋敷を出た。

そして、紀之助と高橋に昨日の帰りがけに話しておいた重森家の近くの古寺で待つと、すぐにふたりが姿を見せた。まだ、六ツ半（午前七時）ごろだった。辺りに人影はなく、ひっそりとしていた。重森は大友の今日の動きが分からなかったので、とにかく出仕前に大友家を訪ねようと思ったらしい。

「出かけるか」

重森が先にたった。

重森家は、城に近い芦原《あしはら》と呼ばれる地にあった。そこは、城下を流れる荒瀬川の岸沿いにひろがる地で、開発される前は芦の原だったことから、その地名がついたそうだ。

「大友さまのお屋敷は、この通りの先にある」

そこは城に近い平地で、藩の重臣たちの屋敷が多いという。

重森が先にたって歩いた。いっとき歩くと、通りは荒瀬川から離れ、藩士の屋敷が目につくようになった。その通りは、城につづいているらしい。まだ早いせいか人影はなく、ときおり野良仕事に出るらしい百姓の姿を見かけるだけである。

城に近付くと、重臣の住む大きな屋敷が目につくようになった。

重森は築地塀《ついじべい》でかこわれた武家屋敷の門前で足をとめ、

「ここが、大友さまのお屋敷だ」

と、振り返って言った。

木戸門の門扉《もんぴ》はとじられていたが、屋敷内で物音が聞こえた。重森が門扉の前で訪《おとな》いを請《こ》うと、いっとき して家士《かし》らしい若侍が姿を見せた。

「それがし、重森弥之助にござる。火急の知らせがあって、江戸より参ったと、大友さまにお伝えいただきたい」

「しばし、お待ちを」

若侍はすぐに屋敷内にもどった。

待つまでもなく、若侍はもどってきて、

「お入りください。大友さまは、すぐにお会いになるそうです」

若い武士は、家士の津川弥助《つがわやすけ》と名乗り、重森たちを屋敷内の庭に面した座敷に案内した。そこが客間になっているらしい。

重森たちが座敷に座して待つと、すぐに廊下をせわしげに歩く足音がし、障子があいて大柄な武士が姿を見せた。大友左衛門である。五十がらみであろうか。眉《まゆ》が濃く、浅黒い顔をしていた。小袖に角帯《かくおび》姿だった。出仕のための支度《したく》は、まだらしい。

大友は重森たちの前に座すと、

「重森、おふたりは」

と、泉十郎と高橋に目をやって訊いた。高橋のことも知らないらしい。

「こちらは、向井泉十郎どの。江戸家老の内藤さまが懇意にされている幕臣でござる。向井どのは内藤さまの依頼もあって、西崎兄弟の仇討ちの助太刀のため国許まで同行してくれたのです」

重森につづいて泉十郎が、

「向井泉十郎にございます」

そう名乗ってから、大友に頭を下げた。

「奥江藩の大友左衛門でござる」

大友も泉十郎に頭を下げた。

重森は、泉十郎につづいて高橋に名乗らせた後、

「実は、向井どのは、江戸におられる横堀さまの暗殺も防いでくれたのです」

と、顔をけわしくして言った。

「横堀さまが、襲われたのか」

大友が驚いたような顔をして訊いた。

「はい、襲ったのは、江戸に出奔《しゅっぽん》した篠塚と佐々野です。ふたりは、江戸の梶野甚九郎の手の者とともに、横堀さまを襲ったのです」

そう言って、赤坂の溜池沿いの道で横堀が襲われたときの様子と、これまで篠塚と佐々野についてつかんだことをかいつまんで話した。

「それがしが同行した高橋は、梶野の配下でした。梶野は高橋に命じて無理やり篠塚たちの仲間にくわえたようですが、高橋は国許へむかう途中改心し、われらに味方してくれたのです」

さらに、重森はつづけ、懐《ふところ》から口上書《こうじょうしょ》を取り出すと、

「これは、それがしが高橋より聞いた梶野や篠塚たちのことを認《したた》めたものでございます」

そう言って、大友の膝先《ひざさき》に置いた。

大友はその口上書を手にして目を通していたが、

「高橋、ここに書かれていることに相違ないか」

と、高橋を見据《みす》えて訊いた。

「そ、相違ございません」

高橋は、顔をこわばらせて言った。

「梶野は普請奉行の大江と先手組物頭の野田と通じ、横堀さまのお命を奪おうとしたのだな」

「いかさま」

重森が応えた。

「領内でも、大江と野田の不正、それに出奔した篠塚たちとのかかわりを探っていたのだ。わしも、西崎どのの殺害を篠塚と佐々野に命じたのは、大江たちとみていたのだが、これで、大江と野田が黒幕であることがはっきりしたな」

大友がけわしい顔をして言った。

大友と重森が口をとじると、座敷は静寂につつまれたが、

「このことは、城代家老の大久保さまにもお伝えし、お指図を受けることになるが、この口上書は、わしがあずかってもいいか」

大友が口上書を手にして訊いた。

「大友さまに、お任せします」

重森はそう言った後、

「われらとしても、残された西崎家の兄弟に、いっときも早く父の敵を討たせてやりたいのですが」

と、言い添えた。すると、これまで黙っていた紀之助が、

「父の敵を討ちとうございます」

と訴えるように言って、深く低頭した。

「紀之助、早く敵が討てるよう陰ながら祈っておるぞ」

大友はそう言って、何度もうなずいた。

4

植女はひとり、荒瀬川にかかる鳴瀬橋《なるせばし》を渡り、鷹《たか》ノ台《だい》と呼ばれる地に来ていた。その辺りは丘陵地《きゅうりょうち》で、鷹の棲《す》む大きな樅《もみ》の木があったことから、そう呼ばれるようになったらしい。いまは樅の木も伐《き》られ、藩の重臣の住む大きな屋敷が

並んでいた。

植女は、佐山から普請奉行の大江の屋敷はこの辺りにある、と聞いて来てみたのだが、どの屋敷か分からなかった。だれかに訊いてみようと思い、通りの左右に目をやったとき、背後から近寄ってくる足音を聞いた。

振り返ると、こちらに歩いてくる野良着姿の女が目に入った。百姓らしい。女は竹籠《たけかご》を背負い、汚れた手ぬぐいをかぶっていた。

女は植女に近付くと、薄汚れた顔に笑みを浮かべた。

「おゆらか」

思わず、植女は声を上げた。おゆらである。

おゆらは、植女に近付くと、

「植女の旦那、大江の屋敷を探りに来たんですか」

と、小声で訊いた。

「そうだ」

「旦那、ゆっくり歩いてくださいな。……旦那のようなお武家さまと、百姓女が立って話していると、人目を引きますからね」

「……」

植女は無言でうなずき、通りを歩きだした。

おゆらは、植女の連れと思われないように微妙な間をとって歩き、

「大江の屋敷は、この通りの先ですよ」

と、小声で言った。

さらに、おゆらが話したことによると、三町ほど歩いた先の道端に地蔵が立っていて、その地蔵の斜向《はすむ》かいにあるのが大江の屋敷だという。

「旦那、大江の屋敷に、篠塚と佐々野がいるかどうか知りたいんじゃァないのかい」

おゆらが、砕けた物言いをした。

植女は歩調を緩めもせず、歩きながらうなずいた。

「篠塚は、いますよ」

「佐々野は」

「いまは、篠塚だけです」

おゆらによると、篠塚と佐々野のふたりは領内に入ると、大江の屋敷に直行したという。そして大江に、江戸での顚末《てんまつ》や、重森たちも領内に入ったことなどを話した。その後、佐々野は野田に知らせるために、ひとり屋敷を出たという。

「よく分かったな」

植女が驚いたような顔をした。おゆらは、篠塚たちと同行していたかのように、篠塚たちが大江に話したことまで知っていたのだ。

「昨夜、大江の屋敷に忍び込んで、篠塚と佐々野が大江と話しているのを聞いたんですよ」

おゆらは、忍者として屋敷内に侵入する術にも長《た》けていた。

「やることが早いな」

植女が足をとめて振り返ろうとした。

「旦那、足をとめないで」

「そうだったな」

植女はすぐに歩きだした。

おゆらは植女と間をとったままいっとき歩くと、急に足を速めて植女とすれ違いながら、

「そこの築地塀のある屋敷ですよ」

と言って、道の右手にある武家屋敷を指差した。大江の屋敷らしい。

築地塀でかこわれた屋敷は、通り沿いに瓦《かわら》屋根のある木戸門を構えていた。

辺りに人影はなく、通りはひっそりとしていた。

おゆらは、植女の前に出ると、

「また、暗くなったら、屋敷内に入ってみますよ」

そう言い残して、植女から離れていった。

……女とは思えないな。

植女は、離れていくおゆらの後ろ姿を見ながらつぶやいた。

植女は大江の屋敷の門前で足をとめずに通り過ぎた。そして、築地塀に沿って歩きながら、屋敷内に耳をかたむけた。何人かの男の声が聞こえた。物言いから、武士であることは分かったが、何を話しているかは聞き取れなかった。

植女は、西崎兄弟とともに篠塚が屋敷から出たところを討ちたかったが、屋敷に籠《こも》ったまま出てこなければ、踏み込まなければならないと思った。

植女は、屋敷内への侵入方法も考えながら歩いた。表門を破る手もあるが、掛《かけ》矢《や》を使って門扉を打ち砕かねばならないだろう。

……塀を越えるか。

植女は胸の内でつぶやいた。

高い塀ではない。短い梯子《はしご》があれば、すぐに越えられる。越えてから門扉の閂《かんぬき》を外せば、表門もあけられるはずだ。

植女は屋敷の前を通り過ぎると、来た道を引き返した。重森の屋敷にもどって、泉十郎たちと仇討ちをどうするか相談するつもりだった。

植女が重森の屋敷にもどると、大友家に出向いた重森たちの他に、永次郎の姿もあった。

植女は重森たちのいる座敷に腰を落ち着けると、

「大友さまの話は」

と、重森に目をやって訊いた。おゆらから聞いた篠塚たちのことを話す前に、大友との話がどうなったか、聞きたかったのである。

「大江と野田の不正は、大友さまもつかんでいてな。われらの話を信じてくれたよ。……城代家老の大久保さまにも話し、すぐにも手を打ってくれるそうだ」

重森が話した。

「仇討ちの件は」

「むろん承知しておられる。篠塚たちの行方がつかめしだい、すぐにも討ちたい」

「篠塚の行方は知れた」

植女が言った。

「知れたか！」

泉十郎の声が大きくなった。

「篠塚は、大江の屋敷に身を隠しているらしい」

植女は、おゆらのことは口にしなかった。

「やはりそうか。……それで、佐々野は」

「佐々野は野田の屋敷らしい」

「それにしても、よく分かったな」

重森が驚いたような顔をした。

「いや、屋敷の奉公人に、それとなくな……」

植女は、語尾を濁《にご》した。

そんなやり取りをしているところへ、佐山と柴山が顔を出した。

重森が、あらためて植女のお蔭で篠塚の居所が知れたことを佐山たちに話し、

「すぐにも、篠塚を討ちたいのだ」

と、顔をけわしくして言い添えた。

「屋敷に踏み込むか」

泉十郎が言うと、

「踏み込むなら、梯子で塀を越えればいい」

植女が、表門を破るなら掛矢を使うしかないことを言い添えた。

「屋敷に踏み込まずに、外で篠塚を討ちたいが」

重森によると、大江たちの普請にかかわる不正と、西崎の殺害を篠塚たちに指示したことが明らかになるまで、大江の屋敷に踏み込んで斬り合うようなことはしたくないそうだ。下手に手を出すと、大江たちに言い逃れされる恐れがあるという。

「仕方ない。篠塚が屋敷から出るのを待とう」

泉十郎が、座敷に集まっている男たちに目をやって言った。

5

泉十郎たちは、鷹ノ台のはずれにある慶林寺《けいりんじ》という古刹《こさつ》にいた。境内《けいだい》の本堂の前に、泉十郎、重森、それに、西崎兄弟の姿があった。西崎兄弟は裁着袴で草鞋履き、襷《たすき》で両袖を絞っていた。白鉢巻きはしていなかったが、仇討ちの身支度である。

植女、佐山、柴山の三人は、大江の屋敷近くで篠塚が出てくるのを待っていた。泉十郎たちが大江家を見張るようになって、二日目だった。まだ、篠塚は大江家の屋敷から姿を見せなかった。

「篠塚は、今日も屋敷から出てこないかもしれません」

永次郎の顔に、不安と苛立《いらだ》ちの色があった。

「うむ……」

泉十郎も渋い顔をしていた。篠塚が屋敷から出てこないこともあったが、見張りが長くつづくと、西崎兄弟や重森たちが屋敷の外で待ち構えているのを、大江家の者に気付かれる懸念《けねん》があったのだ。

「今日も、駄目か」

泉十郎は、上空に目をやった。陽は西の空にまわっていた。七ツ（午後四時）ごろではあるまいか。

そのとき、寺の山門の方に目をやっていた紀之助が、

「佐山どのです！」

と、声を上げた。

見ると、佐山が山門をくぐり、泉十郎たちのいる本堂の方へ走ってくる。

佐山は重森たちの前に走り寄り、

「篠塚が屋敷を出ました！」

と、肩で息をしながら言った。どうやら、走りづめでここまで来たらしい。

「それで、篠塚はどこへむかった」

すぐに、重森が訊いた。

「野田の屋敷ではないかと」

佐山によると、野田の配下の先手組の者と野田家に仕える家士が、大江の屋敷に入り、篠塚を連れて屋敷から出たという。

ふたりの武士が身を隠している佐山たちのそばを通りかかったとき、野田家や佐々野のことを話しているのが耳に入り、ふたりの身分が知れたそうだ。

「篠塚は、野田の屋敷にむかったのか」

重森が声を大きくして言った。

「まちがいありません。ふたりは、篠塚を呼びに来たようです」

「よし、行くぞ」

重森が走り出し、西崎兄弟や泉十郎たちがつづいた。大江家から野田家へむかう道筋で篠塚を待つのだ。

泉十郎は走りながら、

「植女と柴山は、どうした」

と、佐山に訊いた。

「篠塚たちの後から来るはずです」

「そ、そうか」

泉十郎の息が乱れてきた。重森や西崎兄弟からも喘《あえ》ぎ声が洩《も》れている。

三町ほど走ると、大江の屋敷に通じる道に出た。

「あれではないか！」

重森が通りの先に目をやって言った。

遠方に、武士らしい姿がちいさく見えた。三人である。

「木の陰に、身を隠せ！」

重森が声をかけた。

通り沿いに茶畑があった。泉十郎たちは、急いで茶の陰に身を隠した。

……篠塚だ！

泉十郎は、三人のなかに篠塚がいるのを目にした。他のふたりも武士で、二刀を帯びている。

篠塚たち三人の背後に、ふたりの武士の姿が見えた。遠方のためにはっきりしないが、植女と柴山であろう。

「篠塚がくる！」

うわずった声を上げ、永次郎が通りに飛び出そうとした。

「まだだ！」

重森が制した。ここで飛び出したら、篠塚たちは脇の茶畑か近くの松林のなかに逃げ込むかもしれない。

篠塚とふたりの武士は、しだいに茶畑に近付いてきた。背後にいる植女と柴山は、通り沿いの樹陰に身を隠しながら篠塚たちとの間をつめてきた。篠塚たちは、まだ植女たちに気付いていないようだ。

篠塚たち三人が、十間ほどに迫ったとき、

「いまだ！」

と、重森が声をかけて通りに出た。

西崎兄弟、泉十郎、佐山が、ばらばらと通りに走り出た。

篠塚とふたりの武士は、ギョッとしたように立ち竦《すく》んだ。が、篠塚はすぐに重森や西崎兄弟に気付き、

「待ち伏せか！」

と叫び、反転して逃げようとした。

だが、すぐに篠塚の足がとまった。前方から近付いてくる植女と、柴山の姿を目にしたのである。

「おのれ！」

篠塚は抜刀した。

他のふたりは戸惑うような素振りを見せたが、篠塚につづいて刀を抜いた。篠塚の脇に背の高い武士が立ち、もうひとりの小柄な武士が篠塚の背後に立って、植女たちに切っ先をむけた。

篠塚の前に立ったのは、紀之助だった。ただ、篠塚との間合は、四間ほどもあった。遠間である。

紀之助の左手に、永次郎が立った。永次郎と篠塚との間合も、四間ほどである。

泉十郎は紀之助の右手に立ったが、篠塚との間合は近く、三間ほどしかなかった。泉十郎は紀之助と永次郎が、篠塚の遣う八雲流、二段霞の太刀と闘ったら後れをとるとみていた。それで、まず泉十郎が篠塚と立ち合うつもりで、西崎兄弟には、篠塚と立ち合うときは四間ほどの間合をとれ、と強く指示してあった。

重森は、西崎兄弟の後ろに立った。兄弟の闘いの様子を見て、助太刀にくわわるつもりなのだ。

篠塚たちの背後から間合をつめてきた植女は、居合の抜刀体勢をとって、小柄な武士と対峙《たいじ》した。

6

「父の敵！」

紀之助が声を上げ、青眼に構えて切っ先を篠塚にむけた。永次郎も青眼に構えている。

兄弟の切っ先が、小刻みに震えていた。真剣勝負の気の昂りで、体が硬くなっているのだ。

「皆殺しにしてくれる！」

篠塚は叫びざま、体を泉十郎にむけて青眼に構えた。

すでに篠塚は泉十郎と立ち合っているので、腕のほどを知っていた。泉十郎との間合は、三間ほどしかなかった。篠塚は、泉十郎が先に斬り込んでくるとみたようだ。

泉十郎は青眼に構えて切っ先を篠塚にむけたが、すぐに刀身を上げて八相に構えなおした。泉十郎は、篠塚の遣う二段霞を防ごうとしたのである。

二段霞は遠間から青眼に構えた敵の刀身をたたき、すぐに二の太刀で真っ向へ斬り込む。その連続した斬り込みが、まるで一度の斬り込みのように迅《はや》いのだ。

「八相か」

篠塚の口許に薄笑いが浮いた。泉十郎が二段霞を遣わせないように八相に構えたのを察知したようだ。

泉十郎は篠塚の薄笑いを見て、篠塚には何か手がある、と察知した。

「おれの二段霞は、青眼だけではない」

そう言って、篠塚は刀身を上げて上段に構えた。

篠塚は柄を握った左拳を額《ひたい》につけ、切っ先を後ろにむけた。低い上段である。しかも、篠塚は腰を沈め、上半身をすこし前に倒したのだ。

……この構えから、二段斬りをはなつのか！

泉十郎は、すぐに青眼に構えなおした刀身を下げ、剣尖《けんせん》を篠塚の胸の辺りにつけた。泉十郎は、篠塚が上段から泉十郎の刀身を打ってくる、と読んだ、それで、刀身を下げて打ちづらくしたのだ。

泉十郎と篠塚は、対峙したまま動かなかった。ふたりとも、全身に気魄《きはく》を込めて攻めていた。気攻《きぜ》めである。

紀之助と永次郎が、ジリジリと篠塚との間合を狭《せば》め始めた。顔がこわばり、目がつり上がっている。

篠塚は、紀之助と永次郎には目もくれなかった。泉十郎より一間ほども遠かったので、すぐに斬り込んでくることはないとみたのだろう。

「いくぞ！」

篠塚が先に動いた。

篠塚は上段に構えたまま趾《あしゆび》を這《は》うように動かし、すこしずつ泉十郎との間合をつめ始めたのだ。

対する泉十郎は動かず、篠塚との間合が狭まってくるのに合わせて、すこしずつ刀身を下げた。

篠塚が、泉十郎との一足一刀の斬撃の間境に迫ってきた。間合が狭まるにつれ、篠塚の全身に斬撃の気がみなぎってくる。

ふいに、篠塚の寄り身がとまった。斬撃の間境から二歩ほどの間合である。

……この間合から仕掛けてくる！

と、泉十郎は読んだ。

そのとき、シャッ、という刀身の鞘走《さやばし》る音がし、篠塚の背後にいた小柄な武士が呻《うめ》き声を上げてよろめいた。植女が居合の抜き付けの一撃をあびせたのである。

植女の動きに反応したかのように、篠塚の全身に斬撃の気がはしり、
タアッ！

鋭い気合と同時に斬り込んできた。

低い上段から泉十郎の手元を狙った突き込むような斬撃である。

……籠手《こて》か！

咄嗟《とっさ》に、泉十郎は身を引いた。

篠塚の切っ先は、泉十郎の右籠手をかすめて空を切った。

次の瞬間、篠塚は二の太刀をはなった。

籠手から、刀を振り上げざま真っ向へ——。

迅《はや》い！

籠手から真っ向へ。踏み込みながらの二段斬りだった。それが、一太刀のように迅かった。

一瞬、泉十郎は右手に体を倒すようにして、篠塚の真っ向への太刀をかわした。

だが、かわしきれなかった。ザクリ、と泉十郎の小袖の左肩先が裂けた。さらに、泉十郎は後ろに跳んで篠塚との間合をとった。

泉十郎の肩の傷は、浅手だった。皮肉を薄く裂かれただけである。咄嗟に、泉十郎が右手に体を倒したので、かすり傷で済んだようだ。

「浅かったか」

篠塚が泉十郎を見据えて言った。双眸《そうぼう》が、炯々《けいけい》とひかっている。獲物を追う猛虎のような目である。

……次は、さらに迅く二の太刀がくる！

と、泉十郎は察知した。

篠塚は手の内を絞って籠手斬りの太刀を途中でとめ、すぐに真っ向へ斬り込んでくるのではあるまいか。

泉十郎は青眼の構えでは、篠塚の二段霞はかわせないと察知し、刀身を上げて上段に構え直した。

上段と上段――。

ふたりは、上段に構えたまま対峙した。

ほぼ同時に、ふたりが動いた。全身に気勢を込め、敵を気魄で攻めながら間合をつめ始めたのだ。

そのとき、泉十郎の左手後方にいた紀之助が、青眼に構えたまま間合をつめてきた。顔がこわばり、目がつり上がっている。必死の形相《ぎょうそう》である。紀之助は、泉十郎が危ういとみたのかもしれない。

泉十郎と篠塚の間合が狭まってきた。

斬撃の間境まであと半間ほどに狭まったとき、泉十郎と篠塚は寄り身をとめた。ふたりは上段に構えたまま動かない。全身に激しい気勢を込め、敵を気魄で攻めあっている。

7

泉十郎と篠塚は、上段に構え合ったまま対峙していた。一足一刀の斬撃の間境の半間ほど手前である。

そのとき、泉十郎の左手にいた紀之助が、

「父の敵！」

と叫びざま、いきなり斬撃の間境近くまで踏み込んだ。

刹那《せつな》、篠塚の視線が紀之助に流れた。

この一瞬の隙《すき》を、泉十郎がとらえた。つつッ、と摺《す》り足で踏み込み、イヤアッ！ 裂帛《れっぱく》の気合を発して、斬り込んだ。上段から真っ向へ。

間髪《かんはつ》をいれず、篠塚も斬り込んだ。一歩踏み込みざま、上段から真っ向へ。

真っ向と真っ向――。

ふたりの刀身が眼前に合致し、動きがとまった。鍔迫り合いである。

泉十郎は刀身を立てて篠塚の刀を押しながら、

……二段霞を破った！

と、頭のなかで叫んだ。

鍔迫り合いに持ち込んだことで、篠塚の神速の二の太刀をとめたのである。

篠塚の顔が、驚愕《きょうがく》と怒りにゆがんだ。そのとき、篠塚の刀身を押す力が弱まった。篠塚の激情が、体を硬直させたのだ。

タアッ！

鋭い気合を発し、泉十郎が背後に跳びながら腕を伸ばし、篠塚の右腕へ斬り込んだ。篠塚の体が硬くなったのを感知してはなった、神速の籠手斬りである。

ザクッ、と篠塚の右の前腕が裂けた。血が噴出し、右手が刀の柄から離れた。

傷が深く、柄を握っていられなかったのだ。

篠塚は左手だけで柄を握り、後ろへよろめいた。

「紀之助、斬り込め！」

泉十郎が叫んだ。

エエイッ！

甲走《かんばし》った気合を発し、紀之助が袈裟《けさ》へ斬り込んだ。

紀之助の切っ先が、篠塚の肩から胸にかけて斜に切り裂いた。篠塚のあらわになった胸に血の線がはしった次の瞬間、赤くひらいた傷口から血が迸《ほとばし》り出た。

篠塚は倒れなかった。右腕と胸を血に染めながら、

「おのれ！」

叫びざま、刀を青眼に構えた。刀身が、笑うように揺れている。

篠塚は目をつり上げ、歯を剝《む》き出していた。胸と腕の傷口から血が飛び散り、篠塚の顔を赤い斑《まだら》に染めている。悪鬼のような形相である。

「永次郎、脇から斬り込め！」

泉十郎が叫んだ。永次郎にも、篠塚に一太刀浴びさせてやりたかったのだ。

「篠塚、父の敵！」

永次郎は叫びざま正面から踏み込み、袈裟に斬り付けた。切っ先が、篠塚の首筋をとらえた。

ビュッ、と篠塚の首筋から血が赤い筋をひいて飛んだ。永次郎の切っ先が、篠塚の首の血管《ちくだ》を斬ったらしい。

篠塚は血を撒《ま》きながらよろめき、足がとまると腰から崩れるように転倒した。

このとき、ひとり残っていた長身の武士が、ヒイッ、と喉を裂くような悲鳴を上げ、その場から逃げようとした。

「逃さぬ！」

重森が長身の武士の前にまわり込んで、袈裟に斬り込んだ。

重森の一撃が、武士の首筋をとらえた。武士は血を激しく飛び散らせながらよろめき、爪先を何かにとられて飛び込むような恰好で前に倒れた。

長身の武士は地面に伏臥《ふくが》し、いっとき四肢《しし》を痙攣《けいれん》させていたが、すぐに動かなくなった。絶命したらしい。

紀之助と永次郎は、血塗れになって仰臥《ぎようが》している篠塚の脇に立っていた。ふたりはこわばった顔で、篠塚の死に顔に目をむけていた。ふたりの手にした刀が、小刻みに震えている。

篠塚は凄絶《せいぜつ》な顔をして死んでいた。顔は血に染まり、カッと瞠《みひら》いた両眼が血のなかから飛び出しているように見えた。

泉十郎と重森は、西崎兄弟の脇に身を寄せた。

「父の敵を、討ったな」

重森が、兄弟に声をかけた。泉十郎は無言のまま地面に横たわっている篠塚の死に顔に目をむけている。

「は、はい！　重森さまや向井さまのお蔭です」

紀之助が声を震わせて言うと、永次郎が、

「みなさんのお蔭で、父の敵が討てました」

と、涙声で言い添えた。

「いや、篠塚を討つことができたのは、ふたりの強い思いからだ」

泉十郎も、兄弟の強い思いに動かされたからこそ、篠塚たちを追ってここまで来られたのである。

西崎兄弟や泉十郎たちは、いっとき篠塚の死体に目をむけていたが、

「篠塚たちの亡骸《なきがら》を、放置しておくわけにはいかぬ。ひとまず人目につかぬところまで、運んでおこう」

重森がその場にいた男たちに声をかけた。

通りからすこし入ったところに、桜の大樹があった。重森の指示で、篠塚たち
三人の亡骸を桜の樹陰まで運ぶことにした。

亡骸を運び終えて、通りにもどったとき、

「敵討ちは終わったが、おれたちの闘いは、これからだ」

重森が顔をひきしめて、泉十郎や佐山たちに言った。

「そうだな」

泉十郎がうなずいた。

まだ、黒幕と目されている普請奉行の大江、先手組物頭の野田、江戸にいる梶
野甚九郎、それに佐々野も残っていた。

「植女、帰りがけに野田の屋敷を見ておかないか」

泉十郎が声をかけると、植女は黙ってうなずいた。

すると、泉十郎のそばにいた佐山が、

「それがしが、案内します」

と、泉十郎たちに声をかけた。

泉十郎、植女、佐山の三人は、その場から野田の屋敷にむかった。

第六章　上意討ち

1

「西崎兄弟は、みごと敵を討ったそうだな」

大目付の大友左衛門が言った。

「はい、ここにいる向井どのの助太刀もあり、篠塚を討つことができました」

重森が応えた。

そこは、重森家の庭に面した座敷だった。大友、重森、泉十郎、それに大友配下の目付組頭福部《ふくべ》登五郎《とうごろう》の姿もあった。

西崎兄弟や泉十郎たちが、篠塚とふたりの武士を斬って五日経っていた。この日、大友が福部を連れて、重森家に姿を見せたのだ。

「敵討ちは終わったが、わしらはこれからだな」

大友が声をあらためて言った。

「いかさま」

重森も顔をひきしめた。

「それで、普請《ふしん》奉行の大江と先手組物頭の野田だがな。そこもとたちが探ったとおり、ふたりの悪事が、だいぶはっきりしてきた。……やはり、大江は荒瀬川の普請にかかわり、多額の金を懐《ふところ》に入れていたようだ」

大友はそう前置きし、脇に座している福部に目をやって、「福部から話してくれ」と指示した。

福部は、承知しました、と応えて話し始めた。

「普請奉行の大江は、荒瀬川の堤防や橋の普請のおり、人足の人数や資材などを水増しして浮いた多額の金を着服していたようです。勘定奉行だった西崎さまは、普請にかかわる帳簿類や請文《しょうもん》などをこまかく調べ、不正に気付かれたようです」

福部が話し終わると、

「大江は西崎どのに普請の不正をつかまれたことに気付くと、同じ八雲流一門の野田に相談し、篠塚と佐々野に指示して、西崎どのを襲ったようだ」

大友が言い添えた。

「やはりそうでしたか」

「大江は野田にも、不正で得た金を渡していたようだ」

「それで、御城代はどのように仰《おお》せですか」

重森が訊《き》いた。大友は、城代家老の大久保にも大江と野田の悪事を話し、どのように処理するか相談しているはずである。

「御城代は、わしの話だけでなく、そこもとから預かった口上書《こうじようしよ》にも目を通されてな。これで、大江と野田の悪事がはっきりしたが、あらためてふたりを吟味《ぎんみ》した上で、殿のお指図を受けると、仰せられた」

大友が答えた。

「これで、肩の荷が下りたような気がいたします」

重森がほっとした顔をした。後は、国許の大久保と大友が中心になって、事件の始末をつける、と思ったのだ。

「だが、懸念《けねん》がある」

大友が重森を見つめて言った。

「何か、ありましたか」

重森が訊いた。

「大江と野田は、ここ五日、病を理由に登城しておらんのだ。屋敷に引きこもっておるらしい」

大友が眉《まゆ》を寄せて言うと、

「大江も野田も、屋敷の門を閉じて、まったく外に出ないようです」

福部が言い添えた。

「屋敷内にこもっていては、己の罪を認めるようなものだが、ふたりには何か手があるのだろうか」

重森が腑《ふ》に落ちないような顔をしてつぶやいた。

「わしには、気になっていることがある」

大友が言った。

「どのようなことでしょうか」

「大江が、普請の不正で手にした金だが、藩の重臣たちに賄賂《まいない》として使われた節《ふし》があるのだ。金を受け取ったのはだれかはっきりしないが、大江と野田は賄賂を渡した重臣が動いてくれれば、此度《こたび》の件はうやむやにできるとみているのではないかな。それで、屋敷内にこもっているのかもしれん」

大友が言った。

「ですが、これだけ大江たちの悪事がはっきりすれば、どうにもならないのでは……」

重森は、大江から賄賂をもらった重臣がいても、いまの状態では何も言い出せないのではないかと思った。下手に、大江たちに味方して言い出せば、自分も悪事に荷担《かたん》したように見られるだろう。

「わしも、そうみているが……。いずれにしろ、ちかいうちに御城代から殿にすべてをお話しし、沙汰《さた》を仰《あお》ぐことになろうな」

そう言った後、大友は虚空《こくう》に目をとめて黙考していたが、何か思いついたように重森の方へ顔をむけた。

「重森、殿の沙汰が下るまで、大江と野田の屋敷に目を配っていてくれ。むろん、目付筋の者たちにも、両家の屋敷を見張らせる」

「心得ました」

すぐに、重森が応えた。

その後、大友は泉十郎に、江戸から国許への旅や西崎兄弟の敵討ちの様子などを訊いてから、

「敵を討てたのも、そこもとたちのお蔭だな。わしからも、あらためて礼をいう」

そう言い残して、腰を上げた。

福部はそのまま座敷に残った。今後どのように動くか、重森と具体的な相談を

するためである。

翌日、重森は佐山と柴山に、大江家と野田家を見張るよう指示した。もっとも、大友の配下の目付筋の者たちが張り込んでいるので、佐山たちは両家の屋敷を見回る程度になるだろう。

泉十郎と植女は、ひそかにおゆらと会った。泉十郎が、大友から聞いたことをおゆらに伝えた後、

「おゆら、野田の屋敷に侵入できるか」

と訊いた。すでに、おゆらが大江家に侵入して探ったことは、植女から聞いて知っていた。

「できますよ」

おゆらは、すぐに答えた。

「屋敷内の様子を探ってくれ。それに、佐々野がいるかもな」

泉十郎は、佐々野は自分たちの手で討ちたいと思っていた。

「今夜にも、探ってみますよ」

「おゆら、油断するな。野田家の警備は厳重だぞ」

「旦那たちもね。寝首を掻《か》かれないように気をつけてくださいよ」

おゆらは、泉十郎の脇に黙って立っている植女にチラッと目をやってから、踵を返してその場を去った。

2

重森家の庭に面した座敷に、五人の武士が集まっていた。泉十郎、植女、重森、それに大友と福部である。

すでに陽が沈み、座敷は淡い夕闇につつまれていたが、燭台《しょくだい》に火は点《とも》されていなかった。まだ屋外には日中の明るさが残っていて、庭側の障子《しょうじ》が仄白《ほのじろ》くひかっている。

「殿からのお沙汰があった」

おもむろに、大友が言った。

泉十郎、植女、重森の三人は大友を見つめ、次の言葉を待っている。

大友が重森の屋敷に来て話してから、二十日ほど過ぎていた。重森や泉十郎たちは、いつ藩主直高の沙汰があるか、気をもんでいたのだ。

「ふたりとも、切腹とのことだ」

大友が静かだが強いひびきのある声で話をつづけた。

「殿はな、念のため大江や野田からも話を聞かれるつもりだったらしいが、ふたりが病を理由に登城しなかった。そのことにも、殿は立腹されたようだ」

篠塚と佐々野が領地にもどってから、大江と野田は病を理由に出仕せず、屋敷内にこもっていたのだ。

「それでな、上意として切腹の沙汰を伝えるために、大江家と野田家に使者として行くことになった」

大友によると、上意の使者として配下の目付筋の者とともに行くよう大久保に命じられたという。

「明後日、まず野田家に行き、翌日には大江家にむかうつもりだが、懸念がある」

大友が顔に憂慮《ゆうりょ》の色を浮かべた。

「どのようなご懸念が、おありですか」

重森が訊いた。

「福部から話してくれ」

大友が福部に目をやって言った。

「大江は覚悟を決めたのか、屋敷内で謹慎《きんしん》しています。大江は篠塚が討たれた上に、親戚筋からも見放されたようです。この場に及んで、殿の沙汰に歯向かえば、大江家の一族郎党にも難が及ぶとみたのでしょう」

福部が口をつぐむと、つづいて大友が、

「ところが、野田家の方は様子がちがうのだ」

そう言って、また福部に目をやった。

「このところ、野田は先手組のなかから腕の立つ者を何人か屋敷に呼びました。それに、親戚筋の者も三人、屋敷で寝泊まりしているようです。野田は何か理由をつけて、上意の使者に歯向かうつもりかもしれません」

福部が顔をけわしくして言った。

そのとき、黙って大友と福部の話を聞いていた泉十郎が、口を開いた。

「それがしも、野田家では腕のたつ者を集めているという噂《うわさ》を耳にしました。それに、野田家には、佐々野裕介がいるはずです」

泉十郎は野田家の屋敷に忍び込んだおゆらから話を聞いたのだが、いつものようにおゆらのことは口にしなかった。

大友はけわしい顔で虚空を見つめていたが、

「やはり、野田は上意に従うつもりはないようだ。野田は、わしら上意の使者を襲うかもしれんな」

そう言って、座敷に集まっている男たちに視線をまわした。座敷は薄闇につつまれていた。庭側の障子の明らみも、薄くなっている。

「しかし、上意の使者を襲うようなことは……」

重森が言った。あまりにも、無謀だと思ったようだ。

「いや、野田ならやりかねん。……屋敷内にいるのは、野田と家族、それに野田が集めた者たちだ。突然、使者が押し入ってきたので、奉公人が盗賊と間違えて斬り合いになったとでも言うかもしれん。だれも見ていないのだから、何とでも言える。……最後の足掻《あが》きかもしれぬが、腹を切る前に、残る力で抵抗してもおかしくはなかろう」

「……！」

重森がけわしい顔をしてうなずいた。

次に口をひらく者がなく、座敷は重苦しい沈黙につつまれていたが、大友が顔を上げ、

「使者には、重森もくわわってほしい」

と、重森に顔をむけて言った。

「心得ました」

すぐに、重森が応えた。

「われらも、くわえてもらえまいか」

泉十郎が言うと、それまで黙っていた植女も、

「それがしも」

と、小声で言い添えた。

「おふたりに助勢してもらえれば、ありがたいが……」

大友が戸惑うような顔をした。藩士でない者をくわえていいものかどうか、迷ったらしい。

「野田家には、佐々野裕介がおります。重森どのはご存じだが、われらは江戸にいるときから、佐々野と篠塚を相手に闘ってきました。すでに、篠塚は西崎兄弟が敵として討ち取りましたが、佐々野だけが残っています。何としても、われらの手で佐々野を討ち取りたいのです」

泉十郎の本心だった。佐々野をこのままにして、江戸に帰る気にはなれなかっ

たのである。

泉十郎につづいて重森が言った。

「おふたりには、西崎兄弟の敵討ちの助太刀《すけだち》として、ずいぶん助けていただきました。ですが、野田家には、まだ敵の片割れである佐々野が身をひそめております。上意の使者としてではなく、佐々野を討つという名目で来ていただいたらどうでしょうか」

「そうするか」

大友がうなずいた。

そのとき、重森が部屋のなかに目をやり、

「すっかり暗くなりました」

と言って、慌《あわ》てて立ち上がり、座敷の隅にあった燭台に火を点けた。

それから、大友と重森は、野田家へ乗り込む手筈《てはず》を相談してから腰を上げた。

3

泉十郎と植女は、野田家の屋敷の脇で大友たちが来るのを待っていた。ふたりとも羽織袴《はおりはかま》姿で、二刀を帯びていた。

これから、大友や重森が上意を伝えるために野田家に来るはずである。泉十郎と植女は、重森たちとは別行動をとり、野田家の屋敷の近くで合流することになっていたのだ。

五ツ（午前八時）過ぎだった。山間《やまあい》から顔を出した朝陽が、野田屋敷の門前の通りを淡《あわ》い蜜柑《みかん》色に染めていた。

通りには、ちらほら藩士らしい武士の姿が見えた。武士のなかには、路傍《ろぼう》に立っている泉十郎と植女に不審そうな目をむけながら通り過ぎていく者もいた。

「どうだ、おゆらと会ったか」

泉十郎が植女に訊いた。

「昨夜な」

「野田家のことで、何か言っていたか」

「野田家の家族の他に、武士が十人ほどいると話していた」

「十人ほどか。そのなかに、佐々野もいるのだな」

やはり、野田は上意の使者を迎え撃つ気でいるようだ、と泉十郎は思った。

「いるらしい」

「おゆらは、どうしている」

いま、おゆらがどこにいるのか、泉十郎には分からなかった。

「おれにも分からぬ」

植女が素《そ》っ気《け》なく言った。

ふたりでそんなやり取りをしていると、通りの先に武士の一団が見えた。六、七人であろうか。こちらにむかってくる。

「大友どのたちだ」

泉十郎が言った。

大友、重森、福部、佐山、柴山、それに泉十郎の見知らぬ武士がひとりいた。後で分かったことだが、矢島恭之助《やじまきょうのすけ》という名だった。矢島は大友の配下の下目付で、剣の腕が立つので連れてきたという。

大友と重森は、裃《かみしも》姿だった。他の四人は、羽織袴姿である。

「待たせたか」

大友が訊いた。

「来たばかりです」

泉十郎たちが言った。

「変わりないかな」

「野田家の屋敷は静かで、いつもと変わりないようですが……」

泉十郎はそう言ったが、野田たちも、大友たちが上意の使者として来ることは察知していて、屋敷内で待ち構えているのではないかとみていた。

「乗り込むか」

大友が、その場に顔をそろえた七人の武士に目をやって言った。

重森をはじめ武士たちが、いっせいにうなずいた。どの顔もひきしまり、双眸《そうぼう》は強いひかりを宿していた。臆《おく》している者はいないようだ。

大友たちは、野田家の木戸門の前に集まった。すぐに、福部と矢島が閉じられた門扉《もんぴ》をたたきながら、

「野田どの、門をあけられい！　城よりの使者にござる」

と、声を上げた。上意とは口にしなかった。近くを通りかかった者が、集まってくる恐れがあったからである。

いっときすると、門扉のむこうで、近寄ってくる複数の足音がし、

「当家に何用でござるか」

と、声高《こわだか》に訊いた。武士らしい物言いである。

「城より、野田どのにお伝えすることがあって参った」

門扉のむこうから、返事がなかった。迷っているのであろうか。

「開門せねば、門を破ることになる」

福部が声高に言った。

「待たれい、いま、あける」

門扉のむこうで声がし、閂《かんぬき》を外す音がした。

門扉があいた。門のむこうにふたりの武士が立っていた。羽織袴姿で大小を帯びていた。野田家の者ではなく、野田が集めた武士のようだ。

「それがし、大友左衛門でござる。野田どのに、お伝えすることがあって参った。御取り次ぎくだされ」

大友は丁寧《ていねい》な物言いをした。

「お、お待ちくだされ」

痩身《そうしん》の武士が言い置き、慌てた様子で玄関から屋敷内に入った。

いっときすると、痩身の武士は、ふたりの武士を連れてきて、

「野田さまは、お会いなさるそうです。……さァ、こちらへ」

そう言って、大友たち八人を玄関から上げ、屋敷内に入ってすぐの客間に入れ

た。

「ここで、お待ちを」

瘦身の武士はこわばった顔で言い残し、慌てた様子で廊下に出ると、小走りに奥にむかった。

なかなか、瘦身の武士はもどってこなかった。屋敷の奥で、慌ただしそうに廊下を歩く足音や、障子をあけしめする音などが聞こえた。

「遅いな」

「何をしているのだ」

大友と重森が、苛立《いらだ》った声で言ったとき、廊下を歩く足音がし、瘦身の武士が若い武士を連れて姿を見せた。

「野田さまは、奥の座敷で会われるそうですが、狭い座敷のため、三人だけでお願いしたいのですが」

瘦身の武士が、顔をこわばらせて言った。肩先がかすかに震えていた。緊張しているらしい。

「それはできぬ。われらは、それぞれ野田どのにお伝えすることがあってまいったのだ」

大友は、野田が大友を含めた三人だけを別の座敷を呼び入れて、討ち取ろうとしていることを察知したようだ。

「で、ですが、当家には、このような大勢の方に入っていただく広い座敷がないもので……」

瘦身の武士が、困惑《こんわく》したような顔をした。

「座敷が狭ければ、われらは廊下で結構でござる」

佐山が言うと、

「これ以上、つまらぬことを言って、われらを足止めする気なら、このまま奥へ踏み込み、野田どのにお会いすることになるが」

そう言って、重森が廊下に出ようとすると、座敷にいた泉十郎や佐山たちも廊下へ足をむけた。

「お、お待ちくだされ！　ご案内いたす」

瘦身の武士は、慌てた様子で廊下に出ると、先にたって廊下を奥へむかった。

廊下沿いに、座敷が四部屋つづいていた。いずれも障子がたててある。突き当たりは板間になっていて、その先は襖《ふすま》でとじられていた。そこにも座敷があるらしい。

「ここで、お待ちくだされ」

瘦身の武士は、客間から三部屋目の座敷の障子をあけて、大友たちをなかに入れた。そこは八畳ほどの座敷だった。正面に床《とこ》の間《ま》があり、山水《さんすい》の掛け軸がかけてあった。ここも客間らしい。

「ここで、お待ちくだされ」

そう言い残し、瘦身の武士はそそくさと座敷から出ていった。

4

床の間を前にして、大友と重森が座し、ふたりの背後に、植女、柴山、矢島の三人。さらに植女たちの後ろに、泉十郎、福部、佐山が座った。

植女を大友のすぐ後ろに座らせたのは、植女が居合を遣《つか》うからである。居合はこうした狭い座敷内での闘いに威力を発揮する。座していて、一瞬の動きで抜き打ちに敵を斬ることができるし、立ち上がりざま抜刀して敵を斃《たお》すこともできる。また、三列目に泉十郎が座したのは、背後にある別の座敷から、敵が踏み込んできたときに対応するためであった。

背後の座敷との間には襖がたててあり、物音も人声もしなかった。

……いる！

泉十郎は、背後の座敷にひとのいる気配を感じとった。三、四人いるらしい。

泉十郎は、脇に座している福部と佐山に、背後の部屋にひそんでいる者がいることを指先の動きで知らせた。

そのとき、廊下を歩く大勢の足音がした。足音は障子の前でとまり、すぐに障子があいた。姿を見せたのは、四人の武士である。ほかにも何人かいるようだが、座敷には入らず廊下にとどまっていた。

四人のなかに、佐々野の姿があった。先に座敷に入ってきたのは、さきほど取り次いだ痩身の武士だった。その後に恰幅《かっぷく》のいい四十がらみと思われる武士、つづいて佐々野とがっちりした体軀《たいく》の武士が入ってきた。

佐々野は、座敷に座している植女と泉十郎を見て顔をこわばらせたが、何も言わず、泉十郎たちに鋭《するど》い目をむけた。

恰幅のいい四十がらみの武士が、床の間を背にして座敷のなかほどに座した。どうやらこの武士が、野田源之助らしい。眉が濃く、ギョロリとした目をしていた。

「大友どの、御用件は」

野田が口許《くちもと》に薄笑いを浮かべて訊いた。ただ、目は笑っていなかった。睨むように大友を見据えている。

大友は何も答えず、すぐに立ち上がり、野田より床の間に近い上座に立った。

重森がつづき、大友の脇に控えるように片膝《かたひざ》をついて身を低くした。

大友はおもむろに懐《ふところ》から折り畳んだ奉書紙《ほうしよがみ》を取り出し、

「野田源之助どの、上意にござる」

と声高に言って、上意と書かれた紙面を野田に見せ、

「切腹の御沙汰にござる」

と、言い添えた。

「切腹だと」

野田は顔をしかめたが、すぐに大友を睨みつけ、

「大友どの、茶番でござるぞ。殿がそのような沙汰を下されるはずがない。大友どのが勝手に書いたものでござろう。それがしは病が癒《い》えたので明日にも登城し、殿にお会いする所存でござる。大友どの、即刻城にもどり、それがしが明日にも登城することを殿にお伝え願いたい」

そう強い口調で言った。おそらく、野田は大友にどう対応するか、考えてあったのだろう。

「そのような言い逃れは、許されぬ。……野田どの、切腹の沙汰を受けぬ気なら、われらがこの場にて切腹の介添えをいたし、腹を切ってもらうが」

大友の物言いには、有無を言わせない威圧的なひびきがあった。

「おのれ、いきなりひとの屋敷に踏み込んできて、勝手な振る舞い。許さぬぞ」

野田は立ち上がり、それ！　と声を上げて手を振った。

野田の声が合図だったらしく、サッと佐々野とふたりの武士が、野田の前にまわり込んで抜刀した。

バタバタと、廊下側の障子と泉十郎たちの背後の襖が開け放たれた。廊下に三人、背後の座敷に四人の武士がいた。いずれも、抜き身を手にしている。

そのとき、野田の前に立った武士のひとりが、切っ先を大友にむけ、斬りつける気配を見せた。

すると、植女が立ち上がり、すばやい動きで踏み込み、タアッ！　という鋭い気合を発して抜刀した。

刀身の鞘走《さやばし》る音につづいて、閃光《せんこう》が袈裟《けさ》に走った。

迅《はや》い！

神速の居合の抜きつけの一刀である。大友に切っ先をむけた武士に、振り返る間も与えなかった。

ザクッ、と武士の小袖が、肩から胸にかけて裂け、あらわになった肌から血が飛び散った。

武士は血を撒《ま》きながらよろめいた。大友と重森は、すぐに身を引き、味方のいる場にもどった。

「斬れ！　狼藉者《ろうぜきもの》を討ち取れ！」

野田が叫んだ。

廊下側から三人の武士が、背後から四人の武士が、泉十郎たちのいる座敷に踏み込んできた。野田はこの座敷に大友たちを連れ込み、三方から襲って討ち取る策をたてていたらしい。

狭い座敷と廊下で、大勢の武士が白刃をむけて睨みあった。

「福部どの、ここを頼む」

泉十郎は福部に声をかけ、すばやい動きで佐々野の前にまわり込んだ。佐々野が、大友に近付こうとしていたのを目にしたのだ。

「佐々野！　おれが相手だ」

泉十郎は、低い青眼に構えて切っ先を佐々野にむけた。泉十郎は、己の手で佐々野を仕留めたいと思っていたのだ。

「おのれ、ここで篠塚どのの敵を討ってくれる！」

佐々野は顔を憤怒《ふんぬ》に染め、相青眼に構えて切っ先を泉十郎にむけた。

座敷は狭く、敵味方が入り乱れていた。しかも、座敷には障子や鴨居《かもい》などがあり、上段や八相に構えて刀身を大きく振りまわすことはできない。間合も近かった。すでに、一足一刀の斬撃の間境のなかに入っている。

ヤアッ！

いきなり、佐々野が気合を発し、刀身を横に払って泉十郎の切っ先をたたいた。牽制《けんせい》である。泉十郎の構えをくずして斬り込もうとしたのだ。

スッ、と泉十郎は半歩身を引いた。泉十郎の構えはくずれなかった。切っ先はピタリと佐々野の目線につけられている。

そのとき、野田が床の間に身を寄せて、廊下へ逃げようとした。歩きだした野田の肩先が、佐々野の背に触れた。

一瞬、佐々野の視線が野田にむけられた。その一瞬の隙を、泉十郎がとらえた。

踏み込みざま、真っ向へ――。一瞬の鋭い斬撃である。

泉十郎の切っ先が、佐々野の肩口をとらえた。

佐々野の小袖が裂け、あらわになった肌から血が噴いた。

「おのれ！」

佐々野が叫びざま、踏み込んで斬り込んできた。

袈裟へ――。たたきつけるような強い斬撃だった。

咄嗟《とっさ》に、泉十郎は右手に跳んで佐々野の切っ先をかわすと、体をひねりざま刀身を横に払った。すばやい太刀捌《たちさば》きである。

泉十郎の切っ先が、佐々野の首筋をとらえた。ビュッ、と血が飛び、佐々野は血飛沫《ちしぶき》を撒き散らしながらよろめいた。足がとまると、くずれるように転倒した。畳に伏臥《ふくが》した佐々野は、苦しげに身をよじっている。

座敷内で斬り合いが始まり、気合、怒号、刀身の触れ合う音などが耳を聾《ろう》するほどにひびいた。

野田は佐々野が斬られたのを見て、床の間の前を通って廊下へ出ようとした。

その場にいては、泉十郎たちに斬られると思ったらしい。

植女は野田が逃げようとしているのを目にすると、すばやい動きで野田の前にまわり込み、

「動くと、斬るぞ！」

強い声で言い、切っ先を野田の喉元にむけた。

「……！」

野田はその場につっ立ち、激しく身を顫《ふる》わせた。

そこへ、重森、大友、柴山の三人が走り寄り、野田を取り囲んだ。

「野田どの、潔《いさぎよ》く腹をめされい！」

大友が叫ぶと。重森と柴山が野田の肩を押さえて、その場に座らせた。そして、野田の両襟《りようえり》を大きくひらいて腹を露出させると、無理やり小刀を野田に握らせた。

「野田どの、覚悟！」

重森が叫び、野田の小刀を握った手を両掌《りようてのひら》で包むように持ち、強引に小刀の切っ先を腹に突き刺した。

グワッ、と野田が呻《うめ》き声を上げ、身をよじって逃れようとするのを柴山が押さ

え、重森が野田の腹を横に斬り裂いた。

「野田どのが、腹をめされたぞ！」

重森が、座敷にいる敵味方に聞こえるように声を上げた。

この声を聞いて、座敷内や廊下で斬り合っていた敵が身を引き、廊下や隣の部屋に逃げた。そして、抜き身を引っ提《ひさ》げたまま廊下から屋敷の裏手へ走った。屋敷の背戸から逃げるつもりらしい。

闘いは終わった。座敷には、四人の武士が血塗《ちまみ》れになって横たわっていた。野田、佐々野、植女に斬られた武士、それに廊下で斬られた敵の武士である。

味方のなかで命を落とした者はいなかったが、手傷を負った者が三人いた。福部、佐山、矢島である。ただ、三人とも浅手だった。命にかかわるような傷ではない。

「長居は無用、引き上げるぞ」

大友が座敷にいる泉十郎たちに声をかけた。

5

重森家の庭に面した座敷に、五人の武士が座していた。重森、泉十郎、植女、佐山、柴山である。

重森や泉十郎たちが上意の使者として、大友とともに野田の屋敷に出向いてから十日ほど過ぎていた。泉十郎たちは、奥江藩にかかわる件の始末があらかたついたので、江戸に帰ることにしていた。

「重森どの、大江は切腹したようだが、その後、大江家はどうなった」

泉十郎が訊いた。

大友と重森たちは、野田の屋敷に上意の使者として出向いた後、日を置いて大江の屋敷にもむかったのだ。泉十郎たちは、大江の屋敷には同行しなかった。大江は潔く切腹するとみられていたからである。

泉十郎たちは、重森から大江が切腹したことは聞いていたが、その後、大江家がどうなったか知らなかった。

「まだ何の沙汰もないが、大江家の場合、倅《せがれ》が家を継げるのではないかな。むろん、かなり家禄《かろく》は減らされようが」

重森が低い声で言った。

「家が残されるだけでも、よしとせねばなるまい」

泉十郎は、野田家の場合、家もつぶされるのではないかとの噂《うわさ》を耳にしていたのだ。

次に口をひらく者がなく、いっとき座敷は静寂《せいじゃく》につつまれたが、

「まだ、おれには、分からぬことがあるのだがな」

と、泉十郎がつぶやくような声で言った。

「何かな」

重森が訊いた。

「大江と野田、それに江戸にいる梶野もそうだが、なにゆえこれほど危ない橋を渡ったのだろうな。それに、江戸にいる梶野だが、勘定奉行の後釜を狙って年寄の横堀どのを襲ったようだが、そのようなことになるのか」

泉十郎が訊くと、植女や佐山たちも重森に視線をむけた。植女たちの胸の内にも、泉十郎と同じ思いがあったらしい。

「そのことだがな、切腹をする前に大江がすべてを話したよ。ひとことで言え

ば、普請にかかわって大金を手にしたのも、江戸の横堀さまの命を狙ったのも、出世のためだな」

「出世のためとは」

さらに、泉十郎が訊いた。

「大江は己の出世のため、名ははっきりしないが、藩の主だった重臣に賄賂を渡そうとして普請のための金に手をつけたようだ。当初はわずかだったが、うまくいったため、しだいに高額の金を着服するようになったらしい。ところが、勘定奉行だった西崎さまが、大江の不正に気付いた。……それで、大江は八雲流一門で昵懇《じっこん》だった野田に相談し、まず西崎さまの命を奪うことにした。そして、野田の配下で八雲流の遣い手だった篠塚と佐々野に相応の金を渡すとともに、出世させることを餌《えさ》に、西崎さまの暗殺を命じたのだ」

そこまで話すと、重森は一息ついた。

「野田が大江に手を貸し、西崎さまの命を奪うことにまで動いたのは、どういうわけだ。いかに、同門で昵懇にしていたからといって、そこまではやるまい」

泉十郎は腑《ふ》に落ちなかった。

「大江は、野田が亡くなった西崎さまの後釜として勘定奉行の座に座れるよう、大金を使って藩の重臣に働きかけることを餌にしたようだ」

「勘定奉行の座は、梶野でなく野田か」

泉十郎が苦々しい顔をした。

黙って話を聞いていた植女が、

「江戸の横堀どのの命を狙ったのは、どういうわけだ」

と、抑揚《よくよう》のない声で訊いた。

「大江の出世のためだ。……大江は以前から、年寄の座を狙っていたようなのだ。大江と野田は、西崎さまを襲わせて殺したこともあり、いっそのこと年寄の命も奪い、その座に就《つ》こうとしたらしい。それで、江戸の横堀さまに狙いをつけ、篠塚と佐々野を刺客《しかく》として江戸に送ったのだ」

「なにゆえ、江戸の横堀どのなのだ。年寄は、国許にもいるではないか」

泉十郎が訊いた。

「それは、国許の目付筋の目から逃れるためだ。大江には、篠塚と佐々野を国許から遠ざける必要があった。それに、江戸の横堀さまが何者かに襲われて殺されても、国許の西崎さまの暗殺とつなげてみる者はいないという読みもあったようだ」

「うむ……」

いっとき、泉十郎は黙考していたが、重森に目をむけて言った。

「江戸の梶野が、篠塚と佐々野に手を貸して、配下の山之内たちに命じて横堀どのを襲わせたのは、どういうことだ。いかに、同門だったとはいえ、なまじのことではそこまで危ない橋は渡るまい」

梶野にも、横堀を亡き者にしたい相応な理由があったのだろう、と泉十郎は思った。

「梶野には、普請奉行に推挙する話があったようだ」

「普請奉行だと」

泉十郎の声が大きくなった。梶野には、勘定奉行ではなく、普請奉行の話があったようだ。

「普請奉行の大江が年寄になれば、普請奉行の座があくからな」

重森が苦々しい顔をした。

「そういうことか」

泉十郎は、大江、野田、梶野の腹の内が読めた。野田が西崎亡き後の勘定奉行に、大江が横堀の後の年寄に、そして梶野が空席になった普請奉行の座に、三人それぞれ栄進する狙いがあったのだ。

……そんなに、うまくいくか。

泉十郎は胸の内で声を上げた。ただ、可能性がまったくないとはいえないし、大江がうまく年寄になれば、藩の重臣のひとりとして、野田や梶野を昇進させることもできるだろう。

植女、佐山、柴山の三人は黙したまま、虚空《こくう》に視線をとめていた。それぞれが、大江や野田の悪謀《わるだくみ》を知って言葉を失っているらしい。

「だが、江戸にいる梶野も、大江や野田と同じように厳しい沙汰を受けるはずだ」

重森の声には静かだが強いひびきがあった。

重森から話を聞いた後、泉十郎と植女は、四ツ（午前十時）ごろ重森家を出た。これから、江戸へ帰るのである。佐山と柴山も、今日のうちに江戸へ出立することになっていたが、別々に行くことにした。お互い、気を使わずに旅をしたかったのだ。

「今日の宿は、吉原にするか」

泉十郎が言った。吉原宿までなら、のんびり歩いても陽が沈むまでに着けるだろう。

「そうだな」

植女が気のない返事をした。植女は、宿場はどこでもいいのだろう。

ふたりは領内の道をしばらく歩き、東海道へつながっている街道に入った。そして、小半刻《こはんとき》(三十分)ほど歩いたとき、背後から近付いてくる足音を耳にした。

振り返ると、女の巡礼が足早に近付いてくる。

「おゆらだ!」

思わず、泉十郎が声を上げた。

泉十郎と植女は、路傍《ろぼう》に足をとめておゆらが近付くのを待った。

「旦那たちは、江戸へ帰るんでしょう」

おゆらが訊いた。

「そのつもりだ」

「あたしも、江戸へ帰ります」

「そうしてくれ。此度《こたび》の件は、おゆらのお蔭《かげ》でうまく始末がついたな」

泉十郎の本心だった。おゆらがいなかったら、事件の始末どころか、泉十郎と植女は生きていなかったかもしれない。

「あたしは、たいしたことしてませんよ。旦那たちがいたから、篠塚と佐々野も討てたんです」

そう言って、おゆらは泉十郎たちと歩調を合わせて歩いた。

「ところで、旦那たちの今日の宿は」

おゆらが、訊いた。

「宿は決めてないが、吉原に草鞋《わらじ》を脱ぐつもりだ」

泉十郎が言った。

植女は黙って歩いている。

「奥江藩の始末がついたので、今夜は吉原で楽しむつもりだね。……吉原は、女郎の多いことで知られた宿場だからねえ」

おゆらが、蓮葉《はすっぱ》な物言いをした。

「そんなつもりはない。それに、植女は女嫌いだ」

泉十郎が言った。

「あら、そんなことないわよ。植女の旦那は、江戸に行くといい女《ひと》が待ってるんだから」

おゆらは植女に身を寄せ、

「植女の旦那、女嫌いじゃァないわよねえ」

そう言って、肘で植女の脇腹をつついた。

植女は表情も変えず、無言のまま街道を歩いていく。

血煙東海道　はみだし御庭番無頼旅

一〇〇字書評

切・り・取・り・線

購買動機（新聞、雑誌名を記入するか、あるいは○をつけてください）

□（　　　　　　　　　　）の広告を見て	
□（　　　　　　　　　　）の書評を見て	
□ 知人のすすめで	□ タイトルに惹かれて
□ カバーが良かったから	□ 内容が面白そうだから
□ 好きな作家だから	□ 好きな分野の本だから

・最近、最も感銘を受けた作品名をお書き下さい

・あなたのお好きな作家名をお書き下さい

・その他、ご要望がありましたらお書き下さい

住所	〒				
氏名		職業		年齢	
Eメール	※携帯には配信できません	新刊情報等のメール配信を 希望する・しない			

この本の感想を、編集部までお寄せいただけたらありがたく存じます。今後の企画の参考にさせていただきます。Eメールでも結構です。

いただいた「一〇〇字書評」は、新聞・雑誌等に紹介させていただくことがあります。その場合はお礼として特製図書カードを差し上げます。

前ページの原稿用紙に書評をお書きの上、切り取り、左記までお送り下さい。宛先の住所は不要です。

なお、ご記入いただいたお名前、ご住所等は、書評紹介の事前了解、謝礼のお届けのためだけに利用し、そのほかの目的のために利用することはありません。

〒一〇一・八七〇一
祥伝社文庫編集長　坂口芳和
電話　〇三（三二六五）二〇八〇

祥伝社ホームページの「ブックレビュー」からも、書き込めます。

http://www.shodensha.co.jp/bookreview/

祥伝社文庫

血煙《ちけむり》 東海道《とうかいどう》 はみだし御庭番無頼旅《おにわばんぶらいたび》

平成29年 1 月20日 初版第1刷発行

著 者 鳥羽 亮《とばりよう》

発行者 辻 浩明

発行所 祥伝社《しようでんしや》

東京都千代田区神田神保町 3-3

〒101-8701

電話 03（3265）2081（販売部）

電話 03（3265）2080（編集部）

電話 03（3265）3622（業務部）

http://www.shodensha.co.jp/

印刷所 萩原印刷

製本所 積信堂

カバーフォーマットデザイン 中原達治

 ISBN978-4-396-34280-7 C0193

〈祥伝社文庫　今月の新刊〉

畑野智美
感情8号線
どうしていつも遠回りしてしまうんだろう。環状8号線沿いに住む、女性たちの物語。

西村京太郎
萩・津和野・山口殺人ライン
高杉晋作の幻想
出所した男のリストに記された6人の男女が次々と――。十津川警部VS.コロシの手帳!?

田口ランディ
坐禅《ざぜん》ガール
「恋愛」にざわつくあなた、坐ってみませんか？尽きせぬ煩悩に効く物語。

沢里裕二
淫爆《いんばく》
FIA諜報員　藤倉克己
爆弾テロから東京を守れ。江戸っ子諜報員は、お熱いのがお好き！　淫らな国際スパイ小説。

鳥羽　亮
血煙東海道
はみだし御庭番無頼旅
剛剣の初老、憂いを含んだ若き色男、そして紅一点の変装名人。忍び三人、仇討ち道中！

喜安幸夫
闇奉行　凶賊始末
予見しながら防げなかった惨劇。非道な一味に、「相州屋」が反撃の狼煙を上げる！

長谷川卓
戻り舟同心　更待月《ふけまちづき》
皆殺し事件を解決できぬまま引退した伝次郎が、十一年の時を経て再び押し込み犯を追う！

犬飼六岐
騙《だま》し絵
ペリー荻野氏、大絶賛！　わけあり父子がたくましく生きる、まごころの時代小説。

佐伯泰英
完本　密命
巻之十九　意地　具足武者の怪
上覧剣術大試合を開催せよ。佐渡に渡った清之助は、吉宗の下命を未だ知る由もなく……。